Spa 808.831 C
Cuentos eroticos de
San Valentin /
2595875

Y0-BNE-905

WITHDRAWN
May be sold for the benefit of
The Branch Libraries of The New York Public Library
or donated to other public service organizations

La sonrisa vertical

Colección de Erótica dirigida
por Luis G. Berlanga

Cuentos eróticos de San Valentín

Carmina Amorós   Carlos Marzal
Albert Andreu   Elena Medel
Javier Azpeitia   Daniel O'Hara
Horacio Castellanos Moya   Rafael Reig
Esther Cross   Cristina Rivera Garza

Prólogo de Luis García Berlanga

Edición de Ana Estevan

TUSQUETS EDITORES

1.ª edición: febrero de 2007

© del Prólogo: Luis García Berlanga, 2007
© de *La Medalla del Amor:* Carmina Amorós, 2007; de *San Ballantine's:* Albert Andreu, 2007; de *Una pasión de Eurípides:* Javier Azpeitia, 2007; de *Paredes delgadas:* Horacio Castellanos Moya, 2007; de *El favor:* Esther Cross, 2007; de *Siempre tuve palabras:* Carlos Marzal, 2007; de *Conocimiento del medio,* Elena Medel, 2007; de *Rapsodia metropolitana:* Daniel O'Hara, 2007; de *Mamá ya no se pinta:* Rafael Reig, 2007; de *Simple placer. Puro placer:* Cristina Rivera Garza, 2007.

Diseño de la colección: Clotet-Tusquets
Diseño de la cubierta: MBM
Todos los derechos reservados de esta edición para
Tusquets Editores, S.A. – Cesare Cantù, 8 – 08023 Barcelona
www.tusquetseditores.com
ISBN: 978-84-8310-377-7
Depósito legal: B. 421-2007
Fotocomposición: Foinsa, S.A. – Passatge Gaiolà, 13-15 – 08013 Barcelona
Impreso sobre papel Goxua de Papelera del Leizarán, S.A. – Guipúzcoa
Impresión: Limpergraf, S.L. – Mogoda, 29-31 – 08210 Barberà del Vallès
Encuadernación: Reinbook
Impreso en España

Índice

9   Prólogo
Un bombón, Luis García Berlanga

13   *Conocimiento del medio*, Elena Medel
35   *Rapsodia metropolitana*, Daniel O'Hara
49   *Mamá ya no se pinta*, Rafael Reig
69   *Paredes delgadas*, Horacio Castellanos Moya
83   *Simple placer. Puro placer*, Cristina Rivera Garza
99   *San Ballantine's*, Albert Andreu
123   *Siempre tuve palabras*, Carlos Marzal
147   *El favor*, Esther Cross
157   *Una pasión de Eurípides*, Javier Azpeitia
193   *La Medalla del Amor*, Carmina Amorós

201   Los autores

Prólogo
Un bombón

A estas alturas de la vida y de esta colección, no voy a hablar del erotismo que pueda tener una fiesta como la de San Valentín, en la que se celebra el amor, o el enamoramiento, o las dos cosas. Sobre esto, sólo lamento que esta fecha, y muchas otras, no evoquen imágenes más eróticas y picantes. Por ejemplo, muchos años atrás, cuando se acercaba ese día yo recordaba aquella canción, la de «Hoy es el día de los enamorados», y me venían a la cabeza fragmentos de películas; sí, sin duda para mí tenía relación con el cine. Ahora, confieso que sólo veo por todas partes pasteles, rosas y cajas de bombones en forma de corazón.

Puestos a recordar, diré que, cierta vez, un amigo me preguntó si se me ocurría algo original para regalárselo a su pareja el día de San Valentín. Creo que le aconsejé un detalle que se saliera de lo normal, seguramente algo erótico. Ahora, si aquel amigo volviera a preguntármelo, le diría que le regalara este volumen de Cuentos eróticos de San Valentín. Siempre he creído que el erotismo está en la mente. Hay que alimentarla, y después ella sola se las ingenia para llevar las ideas a la práctica. ¿De qué sirve un juguete erótico si uno no sabe qué hacer con él, si no tiene ideas, escenas, perversiones o fantasías, sobre todo fantasías, que quiera realizar?

En cambio, yo siempre he tenido muy claro qué me gustaría que me regalaran por San Valentín.

Mi regalo es un bombón, pero aún no puedo comérmelo. Me ha hecho salivar nada más verlo, envuelto en un gran lazo de seda rojo que lo cubría por entero (bueno, la *cubría por entero*), excepto por tres franjas que dejaban ver carnes muy blancas y pálidas. Es un bombón, pero gime, y gemirá todavía un poco más, hasta que esté a punto de caramelo. Debajo del lazo, venía desnuda, lista para que yo empiece a vestirla, que es –como ya he dicho hasta la saciedad– de las cosas que más me erotizan. La he vestido con medias negras de rejilla pequeña, muy finas y suaves, hasta medio muslo. Zapatos de tacón, de un vistoso color rojo y de diecisiete centímetros de altura (me consta que existen porque los he visto hace poco en un desfile de una marca de ropa conocida), que dan una curvatura extraña y poco natural al empeine. Liguero rojo con calados, que se sujeta a las medias con unos botoncitos en forma de corazón, porque es San Valentín. Corsé, de cuero y rojo también, muy apretado en la cintura, tanto que apenas puede respirar, y que le deja libres los pechos. Collar de cuero, que cuando mueve el cuello le roza justo debajo de la mandíbula, y abajo, en el comienzo de la curva de los hombros. Guantes de piel hasta la mitad del antebrazo, y por último, una venda en los ojos. Lo que más me excita, sin embargo, son las cuerdas con las que la he atado, que le pasan por los lugares más insospechados y le resaltan todas las partes del cuerpo que no están ocultas. Por supuesto que, dentro de unos minutos, voy a darle unos azotes, porque es San Valentín.

Pero antes diré que me han sorprendido gratamente los relatos de estos diez autores que se han atrevido a abordar el día de San Valentín desde puntos de vista hasta ahora impensables. Sus historias y personajes destacan, unos por su voluptuosidad, su perversidad y su atrevimiento, otros por su frescura y espontaneidad, otros aún por su manera reflexiva o misteriosa de enfrentarse al sexo, y algunos, precisamente, *por su absoluta singularidad. Creo que, gracias a ellos, en adelante el lector pensará en el día de San Valentín de otra manera; no sé exactamente de qué manera, pero sí sé que será diferente.*

Todos los relatos confirman lo que se dice en uno de ellos: «Todo es erotismo, o nada lo es: todo cae debajo del erotismo para una mente que se encuentra predispuesta a lo erótico, y nada lo hace para quien no se encuentra predispuesto a ello». Quizá después de leerlos, uno se sienta ya un poco más «predispuesto».

Feliz día de San Valentín.

Luis García Berlanga
Madrid, octubre de 2006

Conocimiento del medio
Elena Medel

No era la primera vez que Lola se enfrentaba a un hombre desnudo y, sin embargo, esa noche rechazó su postura habitual –Lola encima, él debajo, sin admitir negociaciones– para huir del parqué: desde el suelo amenazaban los pantalones de Berto, imitando la silueta de celo que, en la escena del crimen, pronuncia *aquí estuvo el cadáver*. Rozando la cintura de los pantalones hibernaba la camisa de él, convertida en ovillo, y algunos pasos más allá el vestido de Lola se arrugaba, y al borde de la cama los boxers negros de Berto acababan de caer, las bragas rojas de Lola –regalo de su novio el pasado San Valentín: *para que sólo yo te las quite*, escribió Félix en el *post-it* encima de la caja– y enganchadas en la silla por azar, como siempre procuraba Lola, igual que en las películas. Pese a lo estudiado de la imagen, aquel futuro polvo corriente con un tipo corriente –en todos sus tiempos– arrojaba a la basura horas de análisis cinematográfico en busca de una personalidad cosmopolita y liberada, y adjudicaba el dominio de la escena a unos pantalones cuyo tejido confesaba *dos por uno*.

Esto se me va de las manos, cavilaba Lola mientras la polla de Berto endurecía. Tras aquel detalle decidió susurrar *cambiemos:* su mente transformó el pecho de Berto en piedra pómez y, dando un respingo, Lola separó de él sus pezones pequeños, duros, sus muslos con atisbos cítricos, para tumbarse en la cama, escudriñar el techo y engañar a Berto y a sus pantalones.

Porque, aunque en la teoría tiraba la toalla y cedía la iniciativa, en la práctica intentaba alejar de su campo de visión aquellos pantalones color mal agüero. Freud les habría sacado, al menos, el dobladillo; cada centímetro de aquella prenda plantaba cara a Doménikos Theotokópoulos, se empeñaba en consagrar para la disección el candor invernal de Lola, con escalpelo separaba la carne de la carne, y no liberaba, sino que hundía la piedra de la locura allá donde el cuerpo de Lola, desvalido, se mantenía a salvo de la luz inaugural de febrero.

Su cama —colchón de matrimonio encargado en la teletienda, sábanas blanco hotel, cabecero al estilo romántico de cuatro temporadas atrás— había albergado a dignos fichajes para una tienda de chucherías, tipos con el vientre dividido en onzas de chocolate y con los brazos coronados por manzanas recubiertas de caramelo, pero también a barrigas con la cebada en alta estima, y a sus dueños. Berto encarnaba la expresión *punto medio:* apenas más alto que Lola encaramada a sus zapatos de fin de semana, con la cadera blindada contra el frío y la hambruna merced a un discreto pliegue de grasa, tímido hasta la ternura, pero alardeando de una conversación que invitaba a compartir el desayuno. Lola y él respetaron las reglas: primer contacto visual desde la barra del bar y en dirección al aseo de señoras, petición de cigarrillo con la voz impostada, conversación opositando a espejo de guiones. *Estudias o trabajas, sería tan desagradable pasar esta noche solo*, conversión en tornado: adiós al techo. Sin proclamar aún que despertarían juntos a la mañana siguiente, pero intuyéndolo en el fondo de cada palabra y cada copa, abandonaron las pautas para charlar de verdad: ella contó anécdotas sobre su trabajo como redactora consagrada a los suplementos especiales, y él habló de animales, libros, canciones, el fin del mundo acelerado por el hombre, *ese animal depredador*. *El primer ecologista que me tiro*, Lola mordió sus labios para exprimir la última gota de Baileys, y tragó con exageración, intentando marcar la nuez de la que carecía; *tiene gracia que a estas alturas todavía disfrute de primeras veces.*

La normalidad se convirtió en víctima del efecto balanza, esfumándose atmósfera arriba, mientras los pantalones de Berto saltaban sobre el parqué hasta proclamarse inertes. Lola se distrajo no porque el resto de la ropa adoptase una actitud distinta al ceder en su función, tampoco porque la respiración de Berto sonase más a planto que a despedida del aire, sino por la forma en que los pantalones se posaron sobre el suelo; aparatosamente, suicidándose desde la cama en la que Berto se afanaba en conocer la epidermis de Lola, y Lola se preocupaba no por concentrarse en Berto y su rastro de saliva, sino por la presencia amenazante de unos simples pantalones, advirtiéndole. Lola se negó a evitar la carcajada: allí estaba ella, Dolores Hernández, experta en salones del mueble y ferias del marisco, aprovechando un viaje familiar de su novio para engañarle con un tal Berto, e incapacitada para follarse a aquel tío como habría hecho con cualquier otro, sin implicarse demasiado pero subrayando lo mucho que ponía de su parte, recurriendo a sus caderas para dominar la situación.

Por otra parte, y en este punto Lola alternaba la metafísica con el placer por el masaje con el que Berto –flexionado y rozando el culo generoso de Lola– se empeñaba en agasajar a su espalda, visto lo visto, la satisfacción de Berto se alejaba unos kilómetros del adjetivo *utópica*. Cada gesto, cada actitud, escribían el prólogo: se conformaría con poco. Antes de que los pantalones revelasen su condición paranormal, en el taxi, Lola y Berto se habían besado, también mientras Lola localizaba las llaves en el mundo persefónico de su bolso, y después, sin copa de rigor o transición, ella le condujo –tirando de la hebilla de su cinturón, utilizando trucos aprendidos de memoria– hasta el dormitorio, olvidando en el pasillo el abrigo y la chaqueta. Berto intentó marcar su lóbulo: Lola, que no sólo odiaba que un desconocido indagase –por muy prometedores que fuesen los motivos– en según qué partes, sino que temió cualquier pista difícil de eliminar antes del domingo por la noche, se zafó de su improvisado Livingstone. *Terminemos rápido*, se animó Lola, previendo la metamorfosis de Berto en caracol, y fue entonces cuando convirtió sus dedos en imán y atrajo hacia sí la hebilla de Berto, y a Berto, y se empeñó en desabrocharla, en juguetear un rato con el botón antes de bajar sus pantalones, los dedos de Lola contra el plástico, contra la tela, contra la piel de Berto, acariciando bajo el ombligo con sus uñas pintadas, volteando la mano y reconociendo, ahora, la zona con la yema de los dedos, distinguiendo qué es pelo y qué es carne, clavando sus pupilas en las de Berto, nada de Bécquer, empujando su mano cuesta abajo, fingiendo ceder ante la frontera de sus calzoncillos, batallando con el elástico, desplegando sus armas, triunfando y tocando, por fin, el pene de Berto, demorándose en el regreso y decidiéndose, *ya era hora*, sonrió Berto, y él suspiró aliviado y ella le respondió con una mueca satisfecha, a liberarle de sus pantalones.

A partir de entonces, a Lola le embargó el pánico de aquella prenda sobre el suelo, derrumbada artificial. Unos pantalones exactos a los que Félix utilizaba para los días de trabajo sin reuniones, cómodos y formales al mismo tiempo, *un chico fantástico* según la opinión de los padres de Lola, sí, todopoderoso, capaz de ocupar dos camas, la de la casa de sus padres en el sur, y la suya y de Lola, esa noche propiedad de Lola y un desconocido. La disquisición distrajo a Lola durante unos minutos; el retorno a la tierra de los vivos la condujo a su cama, ambos desnudos, Lola sobre Berto, Lola susurrando *cambiemos*, y Berto ahora encima, inaugurando su hegemonía, ensañándose con el cuello de Lola, deteniéndose en su clavícula, engrasando el cuerpo de ella para la competición, prefiriendo su pecho, calculando y esforzándose hasta que logró para Lola una pócima mágica, mezcla de dolor y placer, hasta que la areola de su pecho endureció hasta dolerle. Berto descendió entonces hacia el pubis, trazando con la lengua una línea paralela a los límites del tronco, deteniéndose en el ombligo de Lola, jugando con el vello del contorno. Berto logró que Lola ronroneara, sus ojos cerrados, sus manos agarrando la almohada, mezcla de timidez y fingimiento, un gesto para venirle arriba.

Surtió efecto: Berto se apresuró a bajar a su pubis, ignorar su coño y dedicarse a morder y acariciar la cara interna de los muslos, sin preocuparse por sí mismo, centrándose en que Lola culminase su labor: a cada segundo transcurrido, a cada milímetro examinado por Berto, Lola cerraba todavía más los puños; casi podía tocar la palma de sus manos con la punta de sus dedos a través de la almohada. Berto lamía, arremetía con sus dientes contra la carne de Lola, respiraba tan cerca que a cada expiración obligaba a Lola a estremecerse, mezcla de cosquillas y placer, arrepintiéndose de no haber ido al baño nada más entrar en el piso. Por fin, sus uñas contra la almohada, la lengua de él circundando su vagina, con la misma parsimonia de antes, pero creciendo en profundidad, los primeros jadeos de Lola, el radiodespertador dando los buenos días. *Usted no sabe cómo marcha este país*, aseguraba un oyente pesimista mientras Lola abría los ojos, se palpaba para reconocer el pijama de franela y, antes incluso de desperezarse, se daba la vuelta para comprobar que a su lado dormitaba, bebé de treinta y cinco años, barba de cuatro días, cuadros y dos piezas, Félix.

Sentada en la taza del váter, antes de prepararse para ir al trabajo y con un alud de legañas –ahora– por toda vestimenta, Lola puso a Dios por testigo. Se impuso telefonear a Magda durante la pausa del desayuno para anunciar la mala nueva: soñaba por capítulos. La noche anterior había imaginado un reencuentro con Berto en el bar al que ambas acudían muchos fines de semana, cuando Félix bajaba al sur a visitar a sus padres; su fantasía no había sobrepasado la simple conversación, el morbo de reconocer a alguien que no tiene ni idea de quién eres o finge haber olvidado tu rubor y tus cartas, pero acababa de despertar con el remordimiento de haber trasladado al sueño su rutina con Félix, aunque protagonizada por otro. *Te lo juro*, y el tono de voz de Lola se barnizaría de credibilidad, *te juro que he soñado con Berto dos noches seguidas, y no me lo explico, porque hace casi veinte años que no le veo, y quince que no sé nada de él*. Lola se planteó no pulsar jamás las teclas, desoír su instinto, pues ya intuía la respuesta de Magda: *¿cómo aparece Berto en tu sueño?* Y Lola, acostumbrada a curiosear en la biblioteca de su mejor amiga, teorizaría suponiendo que, cuando ella cruzaba los túneles de camino a Castilla, Berto se criogenizaba, o construía una máquina del tiempo para viajar al cerebro de Lola y que ella soñase con él veinte años después, mientras dormía con otro, pero no alcanzaba a explicarse cómo Berto aparecía tal y como lo recordaba, un tipo normal, veinticinco años en el documento nacional de identidad de entonces y en el subconsciente de Lola, cuarenta y cuatro años hoy, noche del 11 al 12 de febrero. Un chico normal, ni alto ni bajo, ni gordo ni flaco, muy simple salvo por sus rizos oscuros y sus ojos de un incomprensible azul escandinavo, que antes se escapaba de su casa nada más cerrar el libro de texto, y hoy asomaba cada noche, arruinando la plácida existencia de Lola.

Pese a la apariencia inicial, la combustión espontánea era un fenómeno ajeno a la preocupación de Lola. Guardaba el motivo enredado en el pelo. El asunto se remontaba a anteayer, con el anuncio de un nuevo encargo: un suplemento sobre la inminente extinción de todas las especies, el deshielo de los glaciares y los icebergs que poblaban el mundo marino, los comandos de contraataque diseñados por ciudadanos para hacer frente a tan horripilante catástrofe, y un día internacional que se celebraría a finales de marzo, pero que debían liquidar –Lola pronunciaba esta palabra en voz alta, con especial y polisémica satisfacción– antes del 20 de febrero. Conversaciones telefónicas con activistas, notas de prensa reenviadas por correo electrónico, reportajes con muchos datos y horas de buscador entre comillas: la felicidad al comprobar cómo todos los artículos cedidos a su responsabilidad estaban bien encaminados dos semanas antes del cierre. Una excepción desencadenaba el pánico: el típico reportaje simpático que aligeraría la carga dramática del contenido, *mientras el mundo se va a la mierda, consuélate con estas foquitas tan graciosas*. La redacción en pleno, desde el becario depresivo al más curtido veterano, consideraba aquel texto el hueso más duro de roer, así que tenían la costumbre de repartirlo por sorteo: no sólo resultaba muy complicado dar con un tema que combinase atractivo y credibilidad, sino que entre semejante marasmo de catástrofes naturales y profecías que ni Nostradamus, el tono cercano, ameno, se escondía debajo de la cama, temeroso. El de aquel número, igual que el de la muestra de Finlandia en Madrid y el del festival del cine iberoamericano, recayó en Lola: tras un par de días en blanco, encerrada en la hemeroteca del periódico, se topó –casi por azar: y ella se imaginó, seductora, junto a Paul Auster– con un recorte sobre la aparición de mil patitos de goma en la playa, justo, de un pueblo cercano a su ciudad natal. Recordaba vagamente las toallas de colores, las madres silenciosas, a Berto alternando libro y bocadillo. *¿Original protesta de los ecologistas?*, se preguntaba el redactor, cual Aristóteles, ocho meses antes. *¿Avanzada perfor-*

mance? ¿Naufragio peculiar? Las preguntas cesaron. Y Lola se felicitó: *voilà*.

Érase una vez un patito de goma, tecleó Lola. Ceño fruncido, chute de té verde –diurético, antioxidante: la pegatina no engaña–, seleccionar todo, suprimir. *¿Cómo reaccionaría usted si mil patitos de goma le recibiesen, flotando, al bajar a la playa?* Lola, pantalla del ordenador como un espejo, se miró a sí misma y pensó: *bastante estresada estoy como para irme de vacaciones y encontrarme la playa hecha una bañera*. Transmutó en turista, se abroncó por priorizar trabajo frente a solidaridad. Hojeó, de nuevo, su dossier sobre el desembarco; subrayó con un Edding rojo, apuntó notas en los márgenes, *interesante, para nada, me aburro*. Una gota de sudor bajó, en pleno febrero, de la frente a la barbilla, y enmarcó la mitad de su rostro: la otra se paralizaría minutos más tarde. Consciente de cuán profesional era se esforzó en conocer las reacciones de los vecinos y los ecologistas, descartadas en un principio para no herir su propia susceptibilidad: y le encontró. Declarando su preocupación por el impacto medioambiental «y el desconcierto producido en nuestros niños, que constituyen sin lugar a dudas el futuro de nuestra tierra», homenaje a Delacroix en este milenio, mostrando –imaginaba Lola: el artículo no incluía fotografía del ecologista– una pegatina con el logo de la ONG Unión Ecologista, en lugar del pecho al aire, Berto Pereira, «profesor de Conocimiento del Medio de un colegio público y activista en sus ratos libres», prescindía de *ouijas* para resucitar, de un plumazo, todos los fantasmas de Lola. Absorta, leyó y releyó: *desconcierto, dudas, futuro*. Conceptos que Berto, lejos de desconocer, manejaba desde la experiencia, con naturalidad gigante: cuántas veces los había escuchado Lola al otro lado de la mesa camilla, consagrando el croché como armadura, cambiando su nombre por el de las otras y, al final, asimilando matemáticas mientras la mano de Berto iniciaba su ascenso, tomando su rodilla suave, desnuda, como punto de referencia.

Ni una palabra, esto no va a afectarme, y Lola asumía la invención de un mantra para que los golpes de su pecho contra la puerta del esternón cesasen. *No pasarás*. Abandonó su mesa de trabajo para excursionar dos mesas más allá –Ana esperaba–, pero cambió el rumbo y viró hacia el cuarto de baño. Con su pan se lo comería. Sonrió frente al espejo: su cara de hogaza, desplazando al rostro de baguette de la adolescencia, sus caderas multiplicadas con respecto a las de los catorce años, el *diga treinta y tres* del otro día en la consulta del médico, sus carcajadas, mezcla de humillación y nerviosismo. Pensó en Berto, en el remanso de paz de sus veinticuatro horas, «profesor de Conocimiento del Medio de un colegio público y activista en sus ratos libres», repitió Lola para sí, e imaginó a Berto en una casa en el campo, cuidando de un jardín que, a las seis de la tarde, una avalancha de niños iguales a él, con sus mismos rizos de luto y sus ojos de mar inconsciente de las amenazas, se dedicarían a destrozar jugando al fútbol. Tampoco envió a Magda un correo electrónico furtivo para que sacase a pasear su baraja del tarot; ¿cómo actuar si los arcanos aconsejaban que abandonase a Félix, su trabajo, su piso de novecientos euros al mes, y volviese a aquella ciudad olvidada desde los catorce años? El reloj caminaba, la taza de café desvelaba sólo posos, Lola vaciaba el tupper del almuerzo, analizando la comida en el reflejo del ordenador: tras el postre y las reflexiones sucumbió a la tentación, y tecleó su nombre en Google. El paraíso le decepcionó: apenas veinte referencias. La misma que ya conocía en versión digital, muchos actos para reivindicar una mayor protección para la naturaleza de la zona, juegos que concienciasen a los niños. Sin embargo, el texto se independizaba de la obsesión de Lola y jamás aparecía acompañado por una imagen de Berto, por mucho que ella inspeccionase todas y cada una de las páginas. Pensó en Félix, para quien la vida sentimental conocida de Lola se inauguraba a los veintipocos, pensó en los libros de ayuda a la realización personal, en los mecanismos de sus protagonistas para liberarse de sus fantasmas interiores, pensó también en Berto, y necesitó una ducha.

Justo entonces descolgó el auricular, marcó el número de información telefónica y solicitó contacto inmediato, directísimo, con Unión Ecologista.

Al otro lado respondió una mujer. En las películas, a Lola la habría recibido la voz cálida –así la recordaba– de Berto, y de nuevo aplaudirían las casualidades, se les caería la baba; hacía, sin embargo, mucho tiempo que Lola descartaba el celuloide para su día a día, así que, en lugar de la de Berto, voz acostumbrada a desenvolverse con extraños. No sólo eso, sino poseedora –para colmo– de un tono agradablemente modulado, fruto de intensos cursos de locución, y perteneciente a una mujer muy lejana de ella durante aquel verano del 87: algunos años más que Lola, y Lola respiró aliviada, y algunos años menos que Berto, y Lola gritó, dentro de su cerebro, para sí misma y su cráneo, *puta*. A saber cuál era la relación entre la secretaria y Berto; ¿merecería el destino similares adjetivos, es decir, se empeñaría en que Lola, Berto su primer amor, mantuviese una conversación afable con la mujer que, ahora, compartía cama con él? Lola, enterrando la línea circular de pensamiento, recitó su retahíla: *redacción de suplementos especiales del diario tal, número especial con motivo del día internacional de la muerte y destrucción, interesados en hablar con un miembro de la ONG para saber de qué manera afrontan el presente y el futuro, dile a Berto cuánto le quise y cómo su simple nombre me ha removido el corazón esta mañana.* Casi.

–¿Cómo ha tenido noticia de nuestra organización? –preguntó la mujer con una linealidad forzadamente profesional.

–Rastreando en la hemeroteca di con un artículo sobre la aparición de los patitos de goma –*vamos bien*, se dijo Lola, *hasta ahora no he dicho ni una sola mentira*–. Me llamaron la atención tanto el suceso como vuestro rigor al plantearlo –y su nariz creció un centímetro–, así que investigué algo más por Internet –dos–, y me decidí a telefonearos para charlar –tres– y así incluir alguna referencia a vuestros objetivos en mi reportaje –y la punta de la nariz de Lola topó con el cristal del despacho de su jefe.

–Muy bien, muy bien –la secretaria, *porque no es más que eso*, recalcó Lola mientras escuchaba, se entusiasmó–. ¿Quiere que le envíe por correo una memoria de lo que hacemos y reivindicamos? ¿Quiere el teléfono de alguno de nuestros directivos, para poder entrevistarle? ¿Algo en especial?

–Bueno, mi idea es redactar algo mucho más cercano –si la secretaria adoptaba el tono de voz de una traductora de la ONU, Lola no sería menos–, hablar no con un pez gordo, sino con uno pequeño –Lola aguantó dos segundos, buscando sin éxito la risa cómplice de la secretaria: su humor agudo había perdido fuelle–, para que el lector pueda sentirse identificado. Había pensado en Berto Pereira, por ejemplo. Leí sus declaraciones con respecto a La Catástrofe de Los Patitos, y su entusiasmo me pareció muy interesante. Quizá podría valer...

–Ah, perfecto, Berto es uno de nuestros miembros más activos –y Lola repitió mentalmente *puta, puta, puta*–, seguro. El problema es que está contra los teléfonos móviles, por las ondas y todo eso, ya sabes –*complicidad a mí*, saboreó Lola, *puta*–, y es difícil dar con él en casa, así que puedo darte su correo electrónico. Contesta todos los días.

Y Lola agradeció, *eso sería perfecto*, a la vez que esbozaba en su agenda la dirección de Berto, y agradecía a la secretaria sus minutos. Cerró el cuaderno negro y procuró trabajar, segura de que la dirección dormiría en sus páginas cuadriculadas el sueño de los justos. Estableció la guía para narrar historias fantásticas sobre naufragios imposibles, sobre todo aquello que los barcos olvidan, al hundirse, en la superficie; bromeó con Ana, reenvió cadenas, se escabulló quince minutos antes. Y no temió por su vida hasta que en el metro, línea 1 en dirección Congosto, el vagón le mostró —espejo de feria— a una pareja desigual, cercano a los treinta él, quinceañera ella, él casi doblado para poder besarla, ella de puntillas, sujetándose de la cintura elástica del pantalón de él, y convirtiendo sus bocas en una fábrica de ruidos y ventosas, él susurrándole al oído frases hechas, *te gusta jugar, ¿eh?, te gusta jugar, te gusta arriesgarte y ganar*, ella enrojeciendo desde la timidez y desde sus quince años, él transformándose en cantautor sin sombrero para las monedas. Y las llaves del portal de casa de Lola, y las llaves de su piso, se rebelaron, clavándose contra sus manos en lugar de permitirle acogerse a sagrado y dar la espalda a aquella terrorífica versión del mundo real. Lola, castigada, marchó a la cama sin cenar, advirtiendo a Félix en su testamento, dictado sobre una servilleta con gotas de mostaza: *estoy agotada, necesito descansar, procura no despertarme cuando llegues.*

Lola cubierta de lino, debatiéndose entre el beige y una excesiva presencia de la arena en lo textil. Sus pies adornados por sandalias marrones —*igual que caminar descalza*, pensaba ella durante el camino hacia la playa—, un brazalete de madera clausurando el antebrazo, a dos dedos del codo, su piel resplandeciente tras catorce horas de sueño. Con Félix en la ciudad, sobrellevando los últimos días de trabajo antes del viaje veraniego, Lola se premiaba con cincuenta horas de vacaciones sólo para ella: centrada en dormir, respirar y leer, sin cruzar palabra. Se desperezó con tal de no permanecer inmóvil en aquella terraza al borde de la orilla, remató su copa de un trago, echó un vistazo al periódico: Lola actuaba con fidelidad a los tópicos, mujer –por el momento– sola, cielo vacacional. Recordó un relato de Katherine Mansfield, *ahora aparecerá una viuda madurita, una señora de la alta sociedad que me seduzca*, e igualó su mano con las nubes para pedir *otra de lo mismo*. A su alrededor descubrió a otras mujeres solas, a grupos de chicos y chicas más jóvenes, a algunos muchachos en pandilla, únicamente un par en soledad. A él lo descubrió al mismo tiempo que la copa llegaba. Metro setenta, generosidad en su vientre –sólo un bañador rojo, nada especial, olor a hipermercado–, rizos negros desquiciantes, ojos de un azul que sólo lograrían las lentillas. Lola reparó en su hombro, una enorme mancha de nacimiento junto a la clavícula, exactamente igual que la de Berto: bautismo, anagnórisis, él levantándose de su silla, acudiendo hacia Lola, sentándose junto a ella, exactamente igual que veinte años atrás, la misma imagen, sentado junto a ella, sentado junto a ella saludó, musitó *hola, te acuerdas de mí*, no preguntando, sino advirtiendo *sé quién eres, no podrás escaparte*, ahora su mano en la mejilla de Lola, ahora su mano en su rodilla.

La rodilla de Lola era un gatillo. Ella estudió francés en el instituto, así que desconoce cómo se expresarían Nabokov y los Kinks, pero el caso es que Lola jamás aceptó una aliteración así como así, de manera gratuita, por lo que deducimos que su estado de alteración alcanzaba cotas de elevado nerviosismo. Lola, pues, ahogada en la debilidad, sin guardacostas que valieran e incapaz de distinguir entre lo fricativo y lo bucodental; la mano de Berto en la rodilla de Lola. *Otra vez*, puño en alto, *y dispararé*. Pasionaria. Se sintió morir, Berto con su mano en su rodilla, *un palmo más arriba y juro que un cataclismo ocurrirá*. Su mirada huidiza, preocupada por lo que ocurría en sus piernas, pero fingiendo centrarse en la conversación de la mesa de al lado, habló por ella, suplicó *no me ha-*

gas nada más, no se te ocurra hacer nada más, sus pupilas de rodillas y Berto, entonces, divertido, alzó su muñeca y, convirtiendo los dedos de sus manos en seres independientes, caminó muslo arriba, caderas, cintura, hasta el pecho, lentamente, mientras acercaba su rostro al de ella y se deleitaba en recorrer el cuerpo de Lola, Lolita, mecanismo idéntico al de aquella playa veinte años atrás. Exactamente igual que entonces, grabado en vídeo aquel entonces, visionado tras el rescate de una caja de lo que no se olvida enterrada no en el jardín, sino entre las hamacas y sombrillas: primero su mano en su rodilla, después sus dedos cuerpo arriba, cuerpo abajo, su lengua en el cuello, rodeándole el vientre, en la espalda, compitiendo con la columna vertebral, igual ahora que hace veinte años, *voy a morirme de un momento a otro, creo que voy a morirme, Berto, qué le dirá mi madre a la tuya si se entera.*

Notó los labios de Félix en su hombro, el roce de su pelo y de su barba, brazo abajo. Despertó ungida en sudor, avergonzada: descubrió, vistazo al móvil, que apenas había soñado durante cuarenta minutos. Saludó con timidez, *qué tal te ha ido el trabajo, por qué me has despertado si te pedí lo contrario, siempre haces lo que te da la gana.*

–Me duele la cabeza –anunció–. Voy al ordenador, a trabajar un rato.

–Está bien eso de tragar pantalla como remedio contra la enfermedad –ironizó Félix, escudriñando el microondas, aguardando su cena–. Tú sigue así, y serás mi Niña de los Peines.

Ruido de fondo, cuchara contra bol, sopa bajando por la garganta de Félix, *¿te preparo una a ti, que entra muy bien así, calentita?*, y Lola compaginando la culpa con la conexión a Internet de su portátil y la localización, entre mil números y direcciones, del correo de Berto. Félix sorbía, y Lola tecleó: *Hola, Berto, soy Lola Hernández, no sé si me recuerdas...*

Cuánto tiempo, ¿verdad? Sigo en la capital y trabajo en un periódico. Justo trabajaba en un reportaje sobre medio ambiente cuando me topé contigo, y supe que colaborabas con una ONG. ¿Te apetecería concederme una pequeña entrevista? Espero que todo vaya bien. Ya me contarás qué tal van las cosas. Un beso. Lola borró el último deseo: efusivo en exceso. *Un abrazo.* Se felicitó a sí misma. *Contención, Lola, contención.* Ladrillos y cemento en torno a ella. Caída en picado.

Mensaje nuevo.

Manejó el ratón con cautela, hizo clic. Leyó. *Pues por aquí todo va bien, Lola. Me casé, tuve dos hijos, niño y niña, y me separé al poco de nacer la pequeña. Como sabes, soy profesor en un colegio de la capital, y el tiempo libre lo dedico a la ONG, sensibilizando a la población. Me alegra que todo te vaya tan bien, cuando te daba clases sabía que, aunque las ciencias no fueran lo tuyo, llegarías lejos.* El corazón de Lola se tornó mosaico ante semejante festival de la asepsia. *¿Sabes, mi Lolita? Muchas veces me acordé de ti durante todos estos años.*

Punto final. *En el fondo lo sabía: muchas veces se acordó de mí durante todos estos años.* Y la debacle.

—Berto, a ver cuándo puedes llevar a Lolita a la playa antes de marcharnos. Yo no sé conducir y su padre no tiene tiempo con lo del traslado. ¿Nos harías ese favor?

Cuando Berto jugaba al fútbol, Lola se tropezaba en el pasillo de casa. Mientras Berto intentaba aprobar la carrera, *al niño se le da mal, no nació para esto*, justificaba su madre en el descansillo de la escalera, Lola conocía los sacramentos. Y la madre de Lola pensó en Berto cuando Lola, Lolita, que escribía tan bien, pero no se sabía las raíces cuadradas, suspendió varias asignaturas de ciencias en octavo de EGB. El hijo de Marisa, tan aplicado, con tanta mala suerte en los estudios y la vida, veintitantos y en el paro aún, pensando en hacer las Europas si no lograba sacar la oposición. Tarde tras tarde Berto subía al piso de arriba, acompañaba sus explicaciones con un café, insistía *Lola, tú eres lista, pero en BUP coge letras, ¿eh?* Aquella niña empeñada en los libros extraños, aderezada con acné, servía para justificar el relax ante su madre y, de paso, aumentar su presupuesto de cara a los fines de semana. Eran tardes divertidas, en las que Berto hablaba sobre los animales y contaba chistes, sin importarle que la última media hora, por no figurar en lo establecido, la impartiese gratis. Nada más, hasta que la señora Dolores pidió a Berto *lleva a la niña a la playa*, y entonces Berto, nada que perder, aceptó, montó a Lola en el coche al día siguiente, una semana antes de que la familia de Lola se mudase a la capital, y la niña y el profesor vecino viajaron hasta la playa, bañador rosa ella, bañador rojo él, botella de vino en la guantera, *Lo-Lo-Lola* tarareada durante kilómetros.

Lola extendía la toalla, se embadurnaba con crema y Berto, tabla periódica de los elementos, apuntes como guante en la cara de la paleografía, la comunidad de La Rioja en pleno exiliada en su boca, apuraba la botella que había ido probando durante el camino.

–¿Tú tienes novio, Lolita?

Ella enmudeció: se concentró, buscando dónde se acababa el mar, planteándose si podría liberarse de la arena de sus uñas. Se acercó a Lola, ignorando el metal de sus dientes, el grano en la barbilla.

–Pero qué guapa.

Lola no comprendió: se maldijo por haber olvidado el libro en casa. Berto deshizo su coleta, posó su barbilla en el hombro de ella, y actuó tal y como Lola había soñado veinte años después, en su primer sueño: mano en la rodilla actuando como obertura, después mano en el muslo, empeñada en preparar a Lola para el caldo, su piel de gallina, sus pezones durísimos, Berto Lola arriba, Lola abajo, de repente sobre ella, Lola con los ojos cerrados, sin querer saber ni admitir.

Se despidieron en el portal; Lola subió antes que él, Berto se demoró buscando aparcamiento. No volvieron a verse. Seis días después, el Ford de los Hernández enfiló, cargado de maletas, antes del amanecer; Lola escondió bajo el cansancio su melancolía. A su llegada a Madrid se entretuvo durante varios días en desembalar las cajas con los libros y discos, explorar las calles principales, escribir en su diario todo lo que sentía sin Berto cerca. Al mes se decidió a enviar una de aquellas páginas de color rosa, su letra redonda, sus círculos coronando las íes, *te echo de menos, aunque no me quieras, pero jamás te olvidaré.* Berto correspondió su cariño con apenas tres párrafos, *yo también voy a notar tu falta, Lolita,* púdrete en mi memoria. No perdieron el contacto en años: una carta cada seis meses y obsequios en las grandes ocasiones, libros que Lola encargaba en Gran Vía bajo la admonición de un compañero de clase repetidor, vegetariano y marxista, pequeños fetiches que Berto acompañaba con postales de ciudades europeas, desde pulseras de plástico blanco a unas gafas de ídem rosas, con el cristal en forma de corazón, réplica exacta de bazar de las de Sue Lyon. Y cinco años después, coincidiendo con el anuncio de Berto, *me vuelvo a casa, estoy cansado de dar bandazos por el mundo,* se cortó el chorreo de su letra difícil, sus obsequios extraños, Berto Pereira, «profesor de Conocimiento del Medio de un colegio público y activista en sus ratos libres».

Lola se esmeró frente al espejo, siguiendo el ritual de su adolescencia: crema sobre crema –exfoliante, de arcilla, antiojeras, antiarrugas, contra los poros abiertos–, ducha de veinte minutos combinando agua helada con temperatura infernal, *voy a comerme el mundo* una y otra vez, placebo suministrado por vía oral. No comprendía cómo había llegado hasta aquel hotel vetusto, cómo al día siguiente había comprado un billete de avión por Internet, anunciando a su jefe la gravísima enfermedad de un familiar, la necesidad de viajar en la misma mañana del día siguiente, 13 de febrero, esparciendo sobre la mesa los magníficos avances en su trabajo, para calmar los ánimos. El estómago revuelto, también, al pensar en Félix, su desánimo al saber que quizá volviese el 14 por la tarde, *esos hijos de puta del periódico te explotan*, golpes a la pared, *hacerte viajar ese día, avisándote un día antes*. Intestinos en la boca recordando su respuesta a Berto, *justamente mañana estaré allí, haré más entrevistas y mis jefes han accedido a pagarme un billete de avión, podríamos quedar*, y él asintiendo, claro que sí, *puedes recogerme a las nueve en el McDonald's, en la calle de las tabernas, que ahora es la calle de la comida rápida, yo estaré allí pero en cuanto llegues cambiamos de sitio*.

Pensó en los sueños que la habían obsesionado en los días anteriores, en los pantalones de pinzas y el simbolismo, en Félix viajando en el autobús número catorce, Nabokov descansando en su cartera y entonces Lola, evitando el recuerdo y la culpa, invocando los consejos del suplemento femenino, se felicitó por haber hecho hueco en la maleta para la crema hidratante –una más– con el mismo olor que su perfume. La aplicó a conciencia en el cuello, en los brazos, en el punto en que sus pechos se acercaban para proclamar su edad, y lo hizo todo olvidando a Félix, su abrigo oscuro, su dulce oficinista, sus mensajes a móvil con faltas de ortografía deseando *wen viag dscansa wapa*. Pensaba, frente al espejo, en los años desde aquellas clases calificadas por su madre, instalada en los planes de estudio de su prima Luisa, como Conocimiento del Medio, mezcla de mil ciencias diferentes, cifras, fórmulas, los ojos de Berto y su piel y sus manos en los sueños y en la noche futura de Lola. En la competición de los tacones ganaron los de diez centímetros, en la de los vestidos el negro minúsculo, soltó su melena y pintó de rojo sus labios, según el dictado de los cánones del *femmefatalismo*. Revisó la nota de nuevo con extrañeza, *a las nueve en el McDonald's, en la calle de las tabernas, que ahora es la calle de la comida rápida*, y emprendió el camino.

Reconoció la pizzería que Berto solía mencionar entre fórmula y fórmula, unos camareros veinte años más viejos, otros aún espermatozoides cuando Berto y ella se separaron; también la taberna en la que alimentarse cuando el presupuesto no permitía mayores lujos, también en la voz de Berto, en sus cartas, *anoche estuve en La Tapería y me acordé de ti, Lolita, de tus manos pequeñas como tú*, lugares que ella, que no salía más allá de su barrio y estaba obligada a regresar antes de las ocho y media de la tarde, desconocía, pero que había incorporado a su propio imaginario gracias al recuerdo de Berto. Distinguió, al fondo de la calle, el McDonald's; se apresuró, multiplicó la velocidad, dos millones de pasos por minuto. El corazón se empeñaba en superar todas las plusmarcas de incertidumbre. Un tipo trajeado, solicitando generosidad para calificar sus cuarenta años, luchaba con una Medusa preescolar, empapando de mostaza las solapas de su chaqueta. Contemplaba la escena –absorto en su nueva miniatura de coche de carreras– un niño rapado, probable víctima de los rizos, que duplicaba a la niña en edad. El rostro de Berto, padre de familia y divorciado, como avanzó por *mail*, parecía dibujado por un estudiante primerizo de Bellas Artes: arrugas exageradas en torno a la boca y en el entrecejo, canas venciendo al color natural, desaparición de los rizos en pos de las entradas, gafas de cristales sospechosamente gruesos, horror de horrores.

Lola ordenó a sus gafas una huida bolso adentro. Empujó la puerta de entrada a la hamburguesería: sus tacones de aguja –las ampollas creciendo y multiplicándose en la planta de sus pies, invocación a los antepasados de la dependienta de la zapatería– avanzaron en dirección al mostrador, sus medias de rejilla usurparon el rol de un chaleco antibalas, protegieron su pantorrilla de los misiles oculares de un par de chicas de la edad de aquella Lolita que rebozaba los *brackets* en la arena. *Está ahí*, cayó en la cuenta; Lola frenó en seco. Una mesa de adolescentes organizaba –a su derecha– una competición con toneladas de patatas gajo, a su izquierda un estigma de ketchup sobre el pecho de la camiseta blanca que una quinceañera estrenaba, de fondo *Love me tender* en la voz de una chica de la edad de Lola cuando dejó de serlo. Y, negándose a escuchar los gritos infantiles de la mesa junto a la cristalera, tapándose los oídos con su propia resignación ante la llamada de Berto, *oye, Lola, Lola, ¿eres tú?, disculpa, ¿eres Lola?*, obligándose a sí misma a no volver a rebautizarse, rechazando un apelativo que señalase a la mujer de Lot, apostando por la sacarina, Lola dio tres zancadas, se situó frente al mostrador, pidió un Happy Meal para llevar, compensó al encargado con una propina por colar en su menú doble juguete, y se marchó –sola– al hotel.

Madrid y Córdoba, septiembre de 2006

Rapsodia metropolitana
Daniel O'Hara

Su novio era tontito y por eso iban a celebrar San Valentín. En otras circunstancias, Oriol le hubiese espetado que él celebraba el Día de los Enamorados catalán: Sant Jordi, pero no quería resultar desagradable con una afirmación nacionalista que no venía al caso. No es que el novio de Oriol no fuera catalán; también lo era, pero de Cornellá: concretamente de Sant Ildefons, el barrio de los Estopa, hecho que no se le podía mentar. Si algo les unía, además de la mutua devoción erótica, era la aversión a los hermanos Muñoz: charnegos para uno; garrulos para el otro. Porque el novio de Oriol quería alejarse de sus orígenes y cambiar; lo suyo no era berrear *La raja de tu falda* en el Sant Jordi y fumarse unos porros en el parque, sino *otra cosa, no sé: no estar todo el día viendo la caja tonta, que yo digo*. Casi parecía el chico perfecto cuando Oriol se fijó en él como dependiente uniformado de negro en Càndid Farreres, la veterana tienda a la que acudía su familia a comprar las lámparas desde los tiempos de Mariona Rebull.

El uniforme negro de dependiente de Càndid Farreres estaba diseñado por Rosa Marcer y otorgaba a los empleados el aire de atildados soldados del diseño. Sin embargo, Oriol advirtió en el fondo de la sobria tienda a un dependiente extraviado, vestido con lo que en él parecía un disfraz de El Zorro al que los niños machos hubieran arrebatado capa, máscara y sombrero. Era una auténtica nenaza desvalida y, sin embargo, marcaba un buen paquete y, ante todo, trasero. ¿Habría militado ya en la sodomía? ¿Qué hacía esa imponente maricona lacia y larguirucha fuera de las pasarelas desganadas o los platós del porno pasivo? Oriol se dijo que no soportaría pasar aquella noche sin bajarle ya los pantalones. Pensó que las novias siempre le habían reprochado que sólo pensara en eso. ¡Y qué! Ya se había liberado de todas esas brujas y ahora constataba gozoso que el muchacho se mostraba interesado en él, al igual que muchos otros invertidos lo habían hecho a lo largo de su vida. El siguiente paso sería gestionar el sobreentendido de las miradas, arte en el que se distinguía por la caballerosidad con que ocultaba su caradura donjuanesca.

El dependiente se llamaba Robert, no Robert en vernáculo («Rubér»), sino Robert en inglés: Robert Valera, leyó Oriol en su chapa identificativa mientras preguntaba por el aplique Ricciardi. Cuando Robert respondió en su accidentado catalán sin *ese* sonora –algo así como el flamenco sin palmas–, por primera vez en la vida Oriol no sintió rechazo social ante el charnego no asimilado fonéticamente. Para sorpresa de su libido balcanizante, Oriol se sintió traspasado por un ecuménico impulso hacia el prójimo que le decidió a emprender la misión de enseñar a hablar con propiedad la lengua nacional al pobre muchacho.

Desde el primer día en Càndid Farreres, Robert había visto recompensado su esfuerzo lingüístico e integrador con un gesto de reconocimiento por parte de los clientes catalanoparlantes. Y ahora, por fin, como premio al tesón de los Capricornio, había aparecido la recompensa: un chulazo cuarentón de traje y corbata, apuesto directivo o algo así, guapo de morirse, catalán de toda la vida, cero pluma, muy a lo Joan Laporta, pero menos pastel: un tío que se adivinaba guarro y que sabría tratar un buen culo tras pagarle una cena y hablarle de amor con la polla tiesa. Robert Valera había hecho diana y así empezó a colmar de felicidad su corazón de charnego esforzado.

Al levantarse aquel miércoles 14 de febrero, Oriol se cargó de paciencia. Cuando salía con chicas, tenía amigotes con los que reírse de la tontería de las tías; ahora echaba de menos colegas con los que cachondearse de los maricones que se ligaba. Sabía que la festividad de marras iba a convertirse en una doble jornada de tontería calientapollas: sobredosis de *mensajitos* plagados de faltas; compra del detalle perfecto; comida impostada; cine sobón; cena romántica; actitud de *regalo-ilusión-y-sorpresa;* y, por fin, alcohol y cópula hasta perder el sentido. Oriol accedía gustoso a toda la burocracia porque su políglota amante tenía el mejor culo que jamás se había tirado. Robert Valera marcaba en su vida un antes y un después: por primera vez, nadie le censuraba su obstinación en meterla siempre, sino que incluso gozaba de su imperiosa necesidad de hacerlo. Hasta el punto de que había llegado a besarle literalmente los pies porque se sentía querido allí donde muchas mujeres habían sembrado la culpa y el miedo a ser un puerco degenerado.

Dicen que si amas a las personas, no hay que querer cambiarlas. Sin embargo, Oriol rumiaba esa mañana que sería muy diferente que un Robert en catalán (en lugar de un Robert en inglés de la ESO pública) se sentara en cuclillas sobre su cara. Quizá la propuesta de modificarle el nombre significase mayor implicación que la que le debía a una mariloli de Cornellá, pero decidió dejarse llevar por una ilusión que le sorprendió por rebasar el ámbito anatómico. Planeó que antes de que Robert saliese de casa para ir a trabajar, llegaría a su zulo de Sants y le explicaría cuánto significaba adecuarle el nombre para una vida sexual satisfactoria. Podrían celebrarlo con un polvo antológico: sin duda, el mejor regalo de San Valentín, y, por la noche, se divertirían bebiendo *champagne*

–y no esa gaseosa patriótica– en La Casita Blanca, como su padre y sus fulanas de estraperlista.

Robert se mostró parco por el interfono. Mientras subía las escaleras, Oriol contó el tiempo que llevaban juntos para que no lo pillase desprevenido; llevaban casi tres meses y una semana: se conocieron cuando empezó la nueva secretaria. Por cierto, tenía que llamar al despacho para decir que hoy no lo esperasen; de hecho, había decidido que su novio tampoco iría a trabajar: si no, que no hubiese empezado con lo de San Valentín. Robert Valera era de los que alardeaba de que cuando se levantaba no estaba para nadie, en particular si llegaba tarde al curro. Se tomó a mal que, mientras él se duchaba, Oriol llamase a Càndid Farreres y disculpase su ausencia por indisposición. Oriol intentó explicarse, pero Robert no quiso atender a razones. Fue su primera gran escena de mariconas atacadas. El de Cornellá bajó las escaleras corriendo y el convergente lo redujo en la portería; no cogía a un hombre así desde las maniobras del servicio militar: le gustó hacerlo porque ahora no era un juego y le emborrachó la desproporción de la situación. Esa misma desproporción le llevó a decidir que hoy no usaría preservativo y por fin llenaría ese culazo de leche.

Robert Valera no daba crédito a lo que le estaba sucediendo: aunque eran las circunstancias más emocionantes de su vida, tenía que reconocer que a la macha se le había ido la pinza. Sentía miedo, pero ante todo pereza para reaccionar como se supone que debe hacer una persona en sus cabales. El muy cabrón le estaba haciendo daño y le tapaba la boca con la mano mientras lo arrastraba hasta el piso. Pensaba en su padre, que siempre le advirtió que era un degenerado, pero menos, porque él lo era de nacimiento, y no como los que iban con tíos porque se habían hartado de las tías. Ojalá hubiera tenido un padre que lo hubiera querido tanto como para secuestrarlo.

Cuando lo soltó en el espacio único del cuchitril, Robert Valera se limitó a esperar asustado el siguiente paso en posición de firmes, mientras simulaba la indignación y la incredulidad que hacían al caso. Oriol rondaba a su niño y apreciaba nuevamente su belleza vestido de negro por Rosa Marcer. Lo descalzó y empezó a desnudarlo lentamente, como si fuera a someterlo a la más rigurosa de las auditorías; lo palpaba, observaba y besaba certificando la blancura de su piel y la ausencia de vello allí donde podía ser confundido con el de una mujer. Oriol enloquecía por el hecho de que al otro lado del perfecto culo femenino de Robert Valera pendiera un generoso pene; se entretenía jugando con el prepucio, maravillado al comprobar el perfecto mecanismo que ofrecía u ocultaba el vigoroso glande (contribuía a su curiosidad el hecho de que Oriol hubiera sido circuncidado al pertenecer a una castradora familia judeocatalana afecta al régimen).

Mientras Oriol doblaba el uniforme negro como un ceremonioso ayuda de cámara inglés, Robert Valera permanecía de pie en calzoncillos en medio del habitáculo, presidido por el póster de *Kill Bill;* se sentía entre ridículo y agasajado. Se reprochó haberse puesto los Nudie Jean: la cintura baja de los calzoncillos no gustaba a su amante porque le obligaba a depilarse la parte superior del pubis azabache. Tras bajar la persiana con brusquedad, Oriol impuso como un señor feudal la mano en el pescuezo de Robert y con serenidad la deslizó hasta el sacro, como si dibujase el circuito por el que iban a discurrir las inminentes descargas eléctricas. Se arrodilló y empezó a morder con delicadeza, pero a conciencia, el culo envuelto en tela; se entretuvo tanto como pudo para que ambos se impacientasen y, atosigados por el deseo, se viesen obligados a pasar a un nuevo estadio. Arremangó las perneras del calzoncillo y las insertó en el pliegue interglúteo, tirando de la parte superior de la prenda, de tal manera que las sacudidas crecientes activasen el recto. Robert le advirtió en la lengua de Antonio Gala que iba a ceder los calzoncillos y esto rompió fatalmente el encanto de la escena; Oriol propinó un golpe en los genitales de Robert y el gesto dolorido de éste fue aprovechado por el primero para bajarle los calzoncillos e insertar su lengua en la cañería rectal. Cuando disminuyó el dolor de los testículos, Robert –otra vez en su papel– prosiguió el recogimiento de espalda, arqueándola hasta aferrarse los tobillos con las manos y ofrendar el más entusiástico culo jamás habido.

Al igual que el ano de Robert recuperaba el perímetro inicial tras cada sesión, así Oriol se emocionaba como la primera vez al redescubrir la frenética perspectiva. Volvió a encajar la boca y empezó a succionar la prieta concavidad que con su habilidad acabó abriéndose como un maduro fruto tropical. Sus manos no podían separar con mayor contundencia las nalgas y su lengua carecía de la extensión que su anhelo le imploraba. Oriol era un hombre de lógica aplastante: sólo cuando se cercioraba de que oralmente no podía acceder a las entrañas de Robert, se abandonaba orgulloso al empleo del cetro varonil.

Oriol no se planteaba penetrar a Robert Valera como un acto de dominación o humillación, en plan *tú-eres-mi-putilla-charnega;* para él era el momento en el que formaban el equipo perfecto de salidos, como si fuesen dos atletas abandonados a la emoción vertiginosa de un deporte de élite, una pareja de policías en misión secreta, dos portentos anatómicos engarzados por una sabia complicidad pélvica. Sin embargo, Robert no siempre había disfrutado de la capacidad necesaria para alojar un miembro viril como el de Oriol; de adolescente, sus fantasías habían superado las dimensiones que su tierno recto podía alojar y el muchacho, con el objetivo de ajustar deseo y realidad, se había sometido a aplicadas sesiones de introducción progresiva y rotativa de dedos con crema que

–junto al uso imaginativo del *roll-on*– lo habían convertido en el ciudadano español de mayor cubicaje.

Después de ensalivar el fascinante orificio, Oriol desplazó las manos de Robert Valera –todavía asidas a los tobillos– hasta el suelo, flexionó sus piernas y comprobó que las extremidades dibujaban un ángulo suficientemente abierto para que pudiera amortiguar las embestidas del émbolo amatorio; finalmente, se bajó los pantalones y los boxer con una rápida intrascendencia que contrastó con la vigilancia con que había dispuesto al chaval. Antes de proceder, Oriol se sintió orgulloso de que, siempre que había copulado con Robert, lo había hecho pensando sólo en Robert.

En aventuras previas, Oriol a menudo había embestido culos sin preservativo porque creía que no había peligro para quien la metía y que, al fin y al cabo, el VIH era cosa de pasivos alelados. Sin embargo, con Robert Valera cuidó desde el primer día su imagen de hombre responsable y el chico siempre aceptó la profilaxis porque le resultaba violento negarse a ser razonable cuando se lo proponían. Dada la incapacidad de eyacular con condón –estigma generacional–, el orgasmo de Oriol siempre se había resuelto sobre la cara de su amante, tras ultimarlo con una golosa mamada *avísame-cuando-te-corras*. Cuando aquel día alojó el miembro a pelo hasta la raíz, era tal el cambio que ambos habían anticipado en secreto que, primero, quedaron decepcionados; sin embargo, después, la fricción del pene en su adictiva desnudez les abrió las puertas a un nuevo ámbito del coito.

Antes de follárselo como si le fuese la vida en ello, a Oriol le gustaba que ambos tomasen conciencia del trayecto por el que iba a discurrir la liza, y por ello se mantenía casi un minuto inmóvil en el interior; a la vez, comprobaba a ciegas el perfecto estado de revista del pollón de Robert, que, prodigioso, eyacularía abundantemente sin tocamiento alguno. Hasta que conoció a Oriol, el dependiente acostumbraba a pajearse mientras lo enculaban; sin embargo, con él descubrió que no lo necesitaba porque llegaba un momento tal de euforia que su propia naturaleza lo traicionaba a chorro. Robert Valera nunca había sentido tanta confianza en sí mismo como cuando Oriol se la metía. Sólo aquel machazo marcado por el éxito, la posición social y la denominación de origen aportaba un bienestar desconocido a su vida, que aliviaba el complejo de inferioridad con el que su padre lo había machacado por ser tan nena. Fugazmente imaginó a Oriol y a su padre enfrentados bajo un sol de justicia hasta que el amante burgués daba su merecido al canijo gallito andaluz.

Oriol y Robert Valera jodían sumidos en el caos sensorial. La intensidad de la ceremonia sociolingüística se volvía casi intolerable; sin embargo, todavía no se vislumbraba el desenlace y temían que iban a estallar hechos añicos. Tras eyacular, esta vez Oriol iba a impedirle que corriese a la ducha y diese fin a la escena de manera tan prosaica: lo retendría con gesto magno para sumirse en el mayor de los abandonos tras desplomarse en el suelo como dos corceles que acabaran de alcanzar la meta en la playa de la Barceloneta.

Se lo habían currado a saco y el orgasmo les fue librado sin contención. El culo nacarado de Robert Valera se licuó voluptuoso mientras su portentoso miembro ofrecía al mundo un blanco raudal de felicidad. Al oír los definitivos gemidos del muchacho, Oriol se vació y accedieron a una dimensión de placer que los sacudió de manera inaudita: se quedaron suspensos en el vacío. «A partir de hoy te nombraré en catalán», le había dicho Oriol cuando aún no se habían derrumbado.

Inmovilizado en el suelo por su amante, Robert Valera se preguntaba si hoy le explicaría a su madre el nuevo cambio de nombre cuando la telefonease para felicitarle San Valentín: su padre nunca lo hacía; le había costado acostumbrarla al Robert anglófono cuando a los dieciséis se quedó pillado con Robert Palmer, descubierto en la BSO de *Pretty Woman* y convertido en su cantante de culto, *porque yo soy mucho de los ochenta*. No cabía duda de que si el cambio nominal era para su bien, su madre lo apoyaría, pero de nuevo con esa amarga incondicionalidad con la que siempre lo defendería aunque se convirtiese en terrorista de ETA. En cambio, Oriol no se había impuesto en la vida la desagradecida obligación de amar a Robert sino que lo había elegido de entre todas las moñas que infestaban Barcelona; es más, su chulazo se había propuesto mejorar su persona porque creía en él, como la profesora de bachillerato que le llamaba Robert en catalán, aunque él, entonces, no estaba preparado y se veía como una ecuatoriana que se pone Sharon o Johanna e, irónicamente, acentúa su condición de nativa sudamericana.

Se hubieran quedado acurrucados en el suelo como una procaz estatua yaciente si Robert no hubiera tenido el arrebato de ir a buscar el mp3 para ponerle lo que se acababa de bajar. Mientras Robert revolvía su bolsa Pucka ninja, Oriol advirtió que de su culo asomaba un perturbador hilillo de sangre. Apenas había recuperado el sosiego y le pareció despiadada la exaltación que se apoderó de él: ahora necesitaba colmar un deseo cuya satisfacción práctica ignoraba. Sintió un trallazo en la cabeza y temió que hoy le llegase el infarto que le habían vaticinado si no cambiaba la dieta. La sangre se derramaba cautelosa hacia el escroto y hubiera querido que Robert se eternizase buscando los auriculares, inconsciente de la estampa que ofrecía. Se preguntó retóricamente si lo había maltratado y si aquello era enfermizo; sólo pudo contestarse que se sentía nuevamente obligado a honrar ese culo, pero sin eyacular, pues necesitaba recuperarse.

Aprovechando que estaba de pie, Robert trajo una manta, acercó el radiador y compuso un acogedor pesebre. Oriol pasó la mano por el pelo y la cara de su ídolo como si comprobara que no era una aparición y le ordenó que se echase boca abajo y prescindiera del mp3. Con júbilo comprobó que tenía ante sí el objeto de deseo que había anhelado hacía unos instantes: nadie se lo había quitado, Robert no era un estrecho, había accedido ilusionado y de nuevo iba a ser todo suyo: nunca había pensado que un culo le reportaría tanta felicidad. Arrodillado con fervor, se puso a chupar golosamente de los testículos al ano, siguiendo el vigorizante hilillo de sangre para, en un *tour de force*, abandonarse a sorber sus propias secreciones y respirar el hedor angelical de tan hurgado pozo. Nunca antes había rendido un homenaje poscoitum a un culo y le sentaba de puta madre, aunque, si no un infarto, podía sufrir una crisis de ansiedad porque ya no había nada más que rebañar y el siguiente paso de la adoración sería el canibalismo. Oriol se sentía como el poeta incapaz de abrazar toda la belleza a la que ha tenido el privilegio de acceder. Si no quería cometer alguna atrocidad, pensó que tenía que desaparecer, y calmarse pensando que aún le esperaban muchas sesiones de jodienda. A modo de despedida, dio media vuelta a su amante y lo besó arrebatadoramente. Sin embargo, Robert se desmoronó ante el fétido beso y corrió al lavabo, donde se encerró a llorar desbordado por los acontecimientos: definitivamente se había hecho acreedor de Oriol y aquella expansión excremental había sido la máxima prueba de amor. Se miró al espejo y entre sollozos se nombró en catalán, orgulloso de haber sido investido caballero de la orden: ambos ya pertenecían al mismo rango.

Al salir recompuesto del lavabo, Robert Valera se encontró una nota de Oriol en la que le pedía disculpas y lo citaba a las nueve y media en el restaurante Hispania; «hoy es nuestro Sant Jordi», había añadido por poner algo romántico. Dicen que lo inesperado seduce, pero no siempre ocurre así: Oriol se había marchado asustado porque por primera vez en la vida se había planteado practicar una felación a un hombre –y hasta ofrecerle el culo *contra natura*–, lo cual lo convertiría en un definitivo bujarrón. Temía que, si llegaba a hacerlo y algún día se peleaban, Robert Valera lo difundiese por «el todo Barcelona».

Tras tomarse un *irish coffee* en el Dole, Oriol decidió que sólo coger el coche y hacer kilómetros le aclararía las ideas. Salió por la Diagonal, ya despejada, en dirección a Andorra y sintonizando M-80 porque no encontraba el disco de Dire Straits; hacía más de un año que no visitaba el balneario Caldea y hoy le convenían toda clase de cuidados. Por un momento, imaginó al chaval a su lado manoseando el compact, pero se reprochó el pensamiento: él no era un sentimental.

Robert Valera intentó subir la persiana, pero Oriol se la había cargado. Se puso a fumar seguro de sí mismo y, mientras jugaba a ser modelo frente al espejo en penumbra, decidió que nunca más llamaría a su madre por San Valentín.

Barcelona, julio-agosto de 2006

Mamá ya no se pinta
Rafael Reig

Para Chavi, qué menos

Mamá se había pintado los labios. Lo noté al volver del instituto, nada más entrar en casa. Parecía contenta y estaba casi guapa, a lo mejor ella pensaba que no me iba a dar cuenta. Llevaba una blusa amarilla y una falda negra bastante corta.

Desde el divorcio, mi madre había dejado de arreglarse. Parecía que se había propuesto que todo el mundo se diera cuenta a simple vista de que ella era la parte agraviada, de que a ella se le debía algo, de que ella era la que necesitaba ayuda humanitaria de emergencia. Por eso iba vestida de acreedora, con vaqueros viejos o faldas por debajo de la rodilla, la cara lavada y el pelo recogido con una goma. En la película del divorcio, mamá había preferido un papel protagonista, aunque fuera como víctima, en lugar de aceptar un papel secundario como mujer feliz. Con tantos primeros planos dramáticos, en poco tiempo consiguió agotar la paciencia de los espectadores. Se quedó sin amigas: cambiaron de canal. Al final mamá apenas salía de casa y su móvil nunca sonaba.

Mi padre, en cambio, es un hombre que tiene todos los bolsillos descosidos: es incapaz de mantener algo en su interior durante mucho tiempo, nada consigue llenarle del todo, porque siempre se le escapa por el roto de algún bolsillo, como si quisiera llevar agua entre los dedos o apretarla en el puño.

No sé si echaba de menos la vida que llevábamos antes del divorcio, en la prehistoria. No lo creo, la verdad: a mí no me afectó nada.

En los últimos tiempos, desde el año 2 AD (Antes Divorcio), se peleaban a gritos. Mamá no era feliz, eso saltaba a la vista, y le echaba la culpa a papá. Si ella no tenía amigas, la culpa era de papá. Si no le interesaba nada, la culpa era de papá. Si iban a una fiesta y se aburría, la culpa era de papá. Mi padre le decía: sal por ahí, lee, vete al cine, cambia de trabajo, estudia algo..., pero mamá no hacía nada, porque la culpa era siempre de papá. A partir del año 1 AD mi madre comenzó a acusar a mi padre. Le decía: me has anulado. Haz algo, respondía papá, haz lo que quieras. Mi madre decía que lo que quería era separarse, que si se libraba de él iba a ser muy feliz. Mi padre le decía que lo intentaran de nuevo. Y así todo el tiempo: mamá diciendo que quería separarse y papá tratando todavía de arreglar las cosas.

Hasta que llegó el día D: mi madre volvió a gritar que no aguantaba más, que quería separarse, y mi padre dijo que vale, que de acuerdo, que era lo mejor.

En cuanto comenzaron los tiempos DD (Después Divorcio), mi madre se convirtió en la víctima. Lo primero que hizo fue decir que papá la había abandonado. Que la había dejado tirada como una colilla y además en el momento en que ella necesitaba más ayuda. Dejó de arreglarse, ya no se pintaba ni se ponía maquillaje. Luego dejó de salir de casa. Al final también dejó de cocinar: a partir del año 2 DD comíamos de lata, pedíamos pizza por teléfono o cenábamos sándwiches, cada uno en una bandeja, sin hablar, siempre con la tele puesta.

Papá se instaló en un apartamento en Arturo Soria. Arturo Soria es un barrio abominable, algún Plan Urbanístico debe de haberlo recalificado como área residencial para padres divorciados. Los domingos, en los restaurantes, el setenta por ciento de las mesas están ocupadas por un hombre de cuarenta y tantos con un número variable de hijos. En el otro treinta por ciento, el hombre está acompañado de una mujer más joven que hace un esfuerzo extraordinario por caer bien a los niños. Es triste de ver. Papá me había expuesto a una media docena de estas mujeres simpáticas hasta el agotamiento. Las peores, sin ninguna duda, son las que pretenden ser tus amigas, confidentes incluso, las que te hablan de tu propio padre como si no lo fuera. La señal de alarma salta en cuanto empiezan a preguntarte por las novias con ese insoportable tono de complicidad, como si ellas fueran de tu edad y, sólo por ser mujeres, pudieran darte alguna información privilegiada.

Por suerte, ninguna duraba mucho: mi padre tiene los bolsillos desfondados.

La última de entonces se llamaba Yolanda y llegó a poner un cepillo de dientes en el baño, pero ya había desaparecido hacía un mes.

Mamá y yo nos quedamos en casa, la casa de Viriato. Mi padre es ingeniero de telecos, trabaja en una compañía de móviles. Mi madre era traductora, trabajaba en casa, con un atril al lado del ordenador. En su estudio tenía una estantería con diccionarios y un cenicero de cristal que siempre estaba lleno de colillas. Se pasaba el día trabajando o tirada en el sillón viendo la tele y leyendo mamotretos sobre los templarios.

Hasta ese día del año 2 DD en que llegué a casa y la encontré arreglada.

–¿Vas a salir? –le pregunté.

–¿Yo? No, ¿por qué? –parecía que mi pregunta le hubiera sorprendido.

Pensé que a lo mejor había salido antes, a comer, y que en seguida se cambiaría de ropa. A lo mejor había conocido a alguien, un amigo, un novio. Alguien que la hiciera feliz o, si no, por lo menos alguien a quien echarle la culpa de todo.

No se cambió. Se quedó toda la tarde en casa, trabajando maquillada y con falda corta. Me pareció bastante extraño, pero no dije ni una palabra: era una situación peligrosa y podía meter la pata.

Mientras cenábamos me di cuenta de que no prestaba atención a la tele: estaba pensando en sus cosas. No miraba la película, sino algo que ella misma proyectaba ante sus ojos y que la hacía sonreír.

Me fui a la cama intranquilo, pero contento.

Dos días después, en cuanto entré en casa, me di cuenta de que había ido a la peluquería. Le habían dejado una melena corta con raya al lado izquierdo.

—Te queda muy bien —le dije.
—¿El qué?
—El pelo, te sienta mejor así.
—Gracias —estaba alegre—. Nadie más que tú se ha fijado, Nacho.

No dije nada, pero me quedé preguntándome quién sería ese «alguien más» que habría debido fijarse. Un novio, estaba claro. Un novio que no prestaba atención o que no hablaba mucho.

—¿Sales hoy? —le pregunté.
—No, ¿adónde?
—No sé, lo decía por los tacones.
—Qué va, tengo mucho trabajo.

Y se sentó al ordenador: toda la tarde en casa con zapatos de tacón, medias negras y minifalda.

Por la noche, por primera vez desde hacía años, cenamos en la mesa de la cocina. Mamá había preparado besugo al horno.

Me fui a la cama contento, pero intranquilo: había algo raro y no lograba imaginar qué podía ser.

Ese fin de semana me tocaba Arturo Soria. Hubo restaurante italiano y hubo nueva señorita haciendo méritos. Una tal

Alicia, que no probó bocado y no paró de hablarme. Me mostré todo lo antipático que pude, que es bastante. No sé qué se habría creído la tal Alicia.

Cuando volví a casa el lunes por la tarde, me encontré a mamá en el sofá. Tenía las manos sobre los muslos y lloraba como los que no esperan consuelo: sin tocarse la cara. Iba con minifalda, medias, tacones y una camiseta ajustada. El cenicero estaba lleno de colillas con los filtros manchados de carmín.

—No me encuentro bien —explicó.

Se recuperó en seguida: a los dos días ya estaba otra vez alegre, maquillada y bien vestida, pero seguía sin salir de casa y trabajaba demasiado. Cuando yo salía por la noche, al volver de madrugada mamá seguía al ordenador.

Un día vi en la cuerda de tender unas bragas tanga de color negro y un sujetador transparente. ¿Mamá se ponía eso ahora, con el culo al aire y enseñando las tetas? ¿A los cuarenta años? ¿Para estar con quién? ¿Para ir adónde?

Era extraño, porque pasó toda la semana y el fin de semana entero sin salir de casa, salvo para hacer la compra. Tenía un novio, eso estaba claro, pero ¿dónde lo había conocido? ¿En la frutería? ¿En el supermercado? ¿En el ultramarinos? ¿Cuándo se veían, además? Quizá sólo cuando yo no estaba, los fines de semana alternos que pasaba en Arturo Soria, pero entonces ¿por qué iba siempre tan arreglada?

No entendía nada, pero la veía contenta y cenábamos en la mesa todas las noches, sin bandejas ni la tele puesta. Tampoco teníamos tanta conversación, así que habíamos cogido la costumbre de poner una emisora de radio de música clásica.

El jueves me di cuenta de pronto. No sé cómo no lo había visto antes. Mamá estaba en la cocina y la puerta de su estudio abierta. Sobre su ordenador brillaba el piloto verde de una webcam.

Tenía que haberlo sospechado: mamá se arreglaba para la cámara web.

Me quedé de piedra. Primero, porque mi madre no tenía ni idea de ordenadores. Me pedía ayuda hasta para descargar un archivo adjunto de un e-mail. Segundo, porque me dio pena que fuera tan ingenua. ¿A quién se le ocurre ligar por Internet? Allí sólo hay guarros, impostores y desesperados de la vida. Yo me había aburrido ya hacía tiempo de las salas de chat repletas de zorritas calientes, pollas de veinte centímetros y tetonas hot. En mi messenger hacía mucho que sólo agregaba a mis amigos.

Mamá salió al estanco y aproveché. Tenía el ordenador encendido con un salvapantallas de espirales. Abrí su messenger. Tal y como esperaba, mamá había dejado que msn recordara su nombre de usuario y contraseña. Se hacía llamar «sola40» y tenía una contraseña de cinco caracteres. Le di a iniciar sesión. No había nadie conectado. En su lista de contactos sólo había tres nombres, que copié en un papel: «erectus_cam», «Lord Nemo» y «soñador45». Cerré el messenger y miré el historial de Internet: mi madre chateaba en www.contactos.com.

Me metí en mi cuarto justo a tiempo, cuando mamá entraba en casa.

¡Sola40! Lo primero que pensé es que mi madre era tonta: ¿a quién se le ocurre confesar su verdadera edad? En Internet todo el mundo miente, es matemático. ¿Por qué no se había quitado años? Seguro que soñador45 ya no cumplía los cincuenta. ¿Iría también por ahí contándole a erectus_cam que tenía un hijo de dieciséis y una cicatriz de la cesárea?

Sólo de pensarlo me sentía humillado.

Cenamos canelones, me preguntó por el instituto y escuchamos música barroca con oboes y clarinetes. Detesto la música barroca, tengo comprobado que siempre da ganas de hacer pis.

Durante la cena fui al baño dos veces y no pude dejar de mirar a mi madre. Llevaba falda y medias negras y una blusa sin mangas con escote en uve. ¿Llevaría puestas esas bragas con una tirilla metida entre las nalgas? ¿El sujetador transparente? ¿Se habría desnudado delante de la cam para que la viera Lord Nemo y se hiciera una paja?

No podía dejar de hacerme preguntas alarmantes.

Apenas probé los canelones, me sentía a punto de vomitar.

Esa noche dormí mal, imaginando lo que podría estar haciendo mamá en su estudio.

El viernes, después de clase, me fui directo a Arturo Soria y me encerré con el ordenador. Me metí en www.contactos.com con el nick «casada_hot». Abrí una nueva cuenta de messenger con el mismo nick y puse una de las fotos de una morena tetona que me había bajado de www.fotosamateur.com. Lo primero era desenmascarar a esos delincuentes. Fui cambiando de sala hasta que encontré a soñador45 en la sala «caliente #3». A medida que iban abriéndose en mi pantalla las ventanas de privados, las iba cerrando, como si explotara pompas de jabón, hasta que saltó la de soñador45.

soñador45: Casada, soñamos juntos?

Por lo menos no escribía kasada y parecía capaz de utilizar al menos algunos signos ortográficos. En Internet el simple uso de acentos levanta sospechas, deben de considerarlo reaccionario o característico de pederastas.

casada_hot: Podemos intentarlo.

Estuvimos chateando veinte minutos hasta que le di mi messenger. Confesaba cuarenta y cinco años y decía ser de «el Perú», con artículo, de Trujillo, a la que llamó «la ciudad de la primavera». Un auténtico cursi. Decía que era periodista. En el messenger la conversación fue subiendo de tono. La foto de soñador45 mostraba un tipo repeinado, con bigote de narcotraficante y una camisa a cuadros. Me preguntó cómo iba vestida y si tenía cam.

    casada_hot: Sí, pero ahora no puedo conectarla. Pon tu cam y yo te enseño fotos.

Cambié la «imagen para mostrar» y puse una foto de la misma chica morena en bañador. Fue suficiente para convencer a soñador45. Conectó su cámara y lo vi. Estaba en lo que me pareció un garaje vacío iluminado por un fluorescente. Era un tipo corpulento, con otra camisa también a cuadros y gafas de montura dorada. Sonreía mirando al objetivo. Volvió a pedirme que le enseñara las tetas por la cam. No lo dijo con esas palabras, sino que suplicó que le mostrara mis pechos.

    soñador45: Muestra tus pechos un instante, te lo suplico.

Así escribía el mentecato, como si por error le pudieran dejar ver los de otra persona. Que fue lo que hice yo, por cierto: le puse una foto de la chica morena en la que se le veían las tetas. Soñador45 me informó de que estaba arrecho, que debía de significar empalmado, y me ofreció ver su verga. Acepté.

Se puso de pie y, bajo una barriga considerable, vi el bulto en su braguetа. El soñador comenzó a tocársela por encima del pantalón. Tenía un anillo de oro en el meñique, otro en el anular y una esclava en la muñeca. No pude leer el nombre grabado. Se desabrochó los pantalones y se los bajó. Llevaba unos calzoncillos azul marino. Yo seguía cada pocos segundos tecleando mensajes para darle ánimos. Sacó una polla triste y tiesa, descapullada y de color ceniciento. Le puse una foto de la misma chica enseñando el coño. Le gustó. El soñador movía con la mano la polla hacia arriba o hacia los lados, para que yo la viera bien desde todos los ángulos posibles. Parecía sentirse orgulloso de aquello. Empezó a hacerse una paja, de pie, acercando la polla al objetivo de la cam. Cada vez lo hacía más deprisa y se veía algo borroso. Miré el segundero del reloj. Soñador45 tardó poco más de cuarenta y cinco segundos en correrse, a lo mejor a eso aludía su nick. Se limpió con el faldón de la camisa, volvió a sentarse y escribió:

    soñador45: Ya me vine, corazón, qué rico.

    casada_hot: En efecto, ya lo vi. Y yo me voy, gilipollas.

Cerré el messenger como quien da un portazo.

Era triste. Sentía miedo y ganas de vomitar. ¿Mamá habría visto lo mismo que acababa de ver yo? ¿Un soñador sórdido masturbándose de pie, solo, en un garaje de alguna remota población peruana? ¿Ese gordo con anillos y pulsera era el que le había devuelto la sonrisa a mi madre? ¿Se maquillaba para él, para ese tipo con camisas a cuadros manchadas de semen?

Un individuo, por otra parte, lo bastante imbécil como para hacerse una paja delante de un chaval de dieciséis años, convencido de que le miraba una mujer.

Oí la puerta. Mi padre. Me dijo que lo sentía mucho, pero tenía que salir.

—Mañana comemos juntos —me prometió—. Han abierto un restaurante nuevo que tiene buena pinta. Voy a darme un duchazo y me voy pitando.

En cuanto salió por la puerta volví al chat. Soñador45 seguía ahí, impasible, ridículo y conmovedor, en busca de casadas insatisfechas a las que ofrecerles su verga, su tristeza implacable y su eyaculación casi instantánea.

Me envió un privado, una ventana abierta que daba al garaje peruano y a su soledad devastadora, pero salí de la sala sin contestarle.

Cené un sándwich a pie de ordenador, con un botellín. A las doce encontré por fin a erectus_cam en la sala «cybersexo +30». No tardó en mandarme un privado.

    erectus_cam: Toc, toc... se puede, vecina?

    casada_hot: Quién es?

erectus_cam: Tu vecino de abajo, puedo pasar?
casada_hot: De acuerdo.
erectus_cam: Oigo tus tacones por la noche, vecina, y te imagino...
casada_hot: Qué imaginas?
erectus_cam: Me imagino que estoy tumbado en el suelo boca arriba y tú andas por encima de mi cabeza, te veo desde abajo, vecina.
casada_hot: Qué ves, vecino?
erectus_cam: Veo tus piernas, acaricio tus tobillos y miro hacia arriba: tus muslos, tus bragas, la curva de tus nalgas.
casada_hot: No llevo bragas, vecino.
erectus_cam: Veo tu coño sobre mi cabeza, tu coño hinchándose, vecina.
casada_hot: Estoy húmeda.
erectus_cam: Veo tus pezones erectos.

Así seguimos hasta que erectus me propuso que le agregara en msn. En la foto no se le veían ni la cara ni las manos, sólo la polla en erección. Parecía que estaba sentado en un taburete, con los muslos abiertos y empalmado.

Le enseñé casi todas las fotos de la chica morena, incluso una algo inverosímil en la que se metía un pepino por el coño, pero erectus era más precavido que soñador45: se negó a conectar su cam si yo no conectaba la mía.

Le ignoré.

Eran casi las cuatro de la mañana cuando localicé a Lord Nemo en la sala «Amos y sumisas». Era un tipo cortante y contundente, interesante, que sólo daba órdenes y que no llegó a darme su msn, pero me enseñó cosas importantes. A las cinco oí abrirse la puerta. Apagué el ordenador y la luz para hacerme el dormido. Oí los tacones de la tal Alicia. Venían alegres, habían bebido y sospeché que se estarían acariciando.

Me metí en la cama enfurecido y excitado. Me hice una paja y me dormí intranquilo.

Por la mañana apareció mi padre en la cocina. Yo estaba desayunando.

—Alicia se ha quedado a dormir aquí —me explicó—. Se nos hizo demasiado tarde.

No contesté.

Tuvimos que comer los tres en Trattoria Piccolina, un establecimiento repulsivo con la carta en italiano y lleno de hijos de separados que se resignaban a la exagerada simpatía de las nuevas parejas de sus padres.

—¿Qué tal vas de ligues, Nacho? —me preguntó la tal Alicia con un tono de voz que hizo saltar todas las alarmas—. El próximo domingo es San Valentín.

—No tan bien como tú. ¿Has dormido esta noche en la cama de mi padre?

Alicia miró a mi padre y fue él quien respondió:

—Ignacio, ya hemos hablado de esto y sabes que no es asunto tuyo. Quiero que te disculpes con Alicia y tengamos la comida en paz.

—Perdona —dije de mala gana.

Inventé un examen para encerrarme el resto del fin de semana en mi cuarto. Pasé todo el tiempo conectado, abriendo ventanas que daban a interiores sórdidos y sencillos, desamueblados; a paisajes con una sola figura dolorida y suplicante; a corazones hambrientos, imperceptibles; a la ternura opaca de la desesperación. Leí obscenidades, fantasías, insultos, llamadas de socorro, descripciones anatómicas, mensajes de amor, aullidos, castigos, susurros y proposiciones desoladoras. Entré en el chat como hombre y como mujer. Como hombre (mi nick era «imprevisto») llegué a conectar mi cam e intercambiar imágenes en tres ocasiones. Vi los pechos enormes y desparramados, como un líquido sin recipiente, de una señora de Medellín, Colombia, que tenía los pezones con una areola oscura y amenazadora, en forma de elipse, parecida a un charco de barro. Vi vestida a una chica de Valencia que me enseñó el sujetador después de que yo me sacara la polla por la bragueta. Vi a una mujer mayor con los labios pintados, tetas caídas y un extraño granulado en los pezones. Dos hombres tristes que inspiraban compasión eyacularon ante mí, convencidos de que yo era una mujer desnuda.

Vi varias veces a sola40 en las salas de chat, pero aún no estaba preparado para dirigirme a ella.

El lunes me fui al instituto con los ojos enrojecidos y el alma doblegada. Internet era un océano de soledad hiriente, de seres desquiciados y almas muertas, una marea de tristeza que te empapaba como una tormenta.

Sí, pero ahí era donde había naufragado mi madre y sólo yo podía rescatarla. Tenía un plan.

Cuando llegué a casa por la tarde, estaba con los labios pintados y de tacones. Me dijo que no iba a salir, que tenía muchísimo trabajo. Cenamos albóndigas y luego mamá se encerró en su estudio y yo en mi cuarto, cada uno con su ordenador.

Entré como «tu Amo» y encontré a sola40 en la sala «Amos y sumisas». Le envié un privado a mi madre:

    tu Amo: Ya estoy aquí.
    sola40: Hola.
    tu Amo: Hola, ¿qué?
    sola40: Hola, Amo.
    tu Amo: Mucho mejor. Si lo vuelves a olvidar, te castigaré.
    sola40: Perdón, Amo. No volverá a pasar.
    tu Amo: ¿Cómo vas vestida, perra?
    sola40: Falda negra, medias, zapatos de tacón. Llevo unas braguitas tanga negras y un sujetador negro. Una blusa azul.

Mamá había dicho la verdad, ésa era la ropa que llevaba.

tu Amo: Quítate las bragas, zorra. Sólo las bragas.

sola40: Sí, Amo.

Pasaron dos o tres minutos. Me temblaban un poco las manos y me ardía la garganta.

sola40: Ya me las he quitado, Amo.

Era capaz de haberlo hecho: tonta de remate.

tu Amo: Remángate la falda, siéntate con el coño en contacto con la silla y las piernas abiertas.

sola40: Sí, Amo, es una silla de rejilla.

tu Amo: Frótate el coño contra la rejilla, zorra.

sola40: Me excita, Amo.

tu Amo: Eres una puta.

sola40: Sí, Amo, soy una puta, soy muy puta.

tu Amo: ¿Se te hinchan los labios del coño, zorra?

sola40: Sí, Amo, están húmedos, están latiendo, quiero acariciarme, Amo.

tu Amo: No te toques, puta. Te prohíbo que te toques.

sola40: Sí, Amo, no me tocaré.

tu Amo: Quítate la blusa.

sola40: Ya está, Amo.

tu Amo: Sácate los pechos por encima del sujetador.

sola40: Aquí los tienes, Amo.

tu Amo: Desde abajo, con las palmas de las manos, súbelos hacia arriba.

sola40: Los sostengo hacia arriba, Amo.

tu Amo: Apriétalos uno contra otro, pero no te toques los pezones, zorra.

sola40: Mis pezones están muy duros, Amo.

tu Amo: Porque eres una perra.

sola40: Sí, Amo, soy una perra.

tu Amo: ¿Tienes pinzas de tender la ropa?

sola40: En la cocina, Amo.

tu Amo: Trae dos. Pero no te metas los pechos en el sujetador, ve a por ellas como estás, perra.

sola40: Sí, Amo.

Oí rechinar en el suelo las patas de la silla y luego los tacones de mi madre que iba a la cocina. Volvió, cerró la puerta de su estudio y al instante escribió:

sola40: Ya tengo las pinzas, Amo.

tu Amo: Ponte una en el pezón izquierdo, zorra.

sola40: Hace mucho daño, Amo.

tu Amo: ¿Te gusta, puta?

sola40: Me duele, Amo, pero me lo merezco.

tu Amo: Ponte la otra.

sola40: Ya está, Amo, duele mucho.

tu Amo: Arrodíllate, puta.

sola40: Estoy de rodillas, Amo.

tu Amo: Cierra los ojos. ¿Qué tienes en la boca?

sola40: Tu polla, Amo.

tu Amo: Chúpala, zorra.

sola40: Sí, Amo. Me la meto en la boca. Acaricio el glande con la lengua, en círculos. Aprieto los labios, Amo.

tu Amo: Te estás portando bien, te voy a quitar una pinza. Quítatela.

sola40: Gracias, Amo. Da placer.

tu Amo: Ahora la otra.

sola40: Gracias, Amo.

tu Amo: Eres una perra, por eso te voy a follar a cuatro patas.

sola40: Gracias, Amo.

tu Amo: Tienes el coño hinchado y húmedo, te la meto desde atrás. Te aprieto las nalgas y las separo, zorra, y te acaricio el ano con un dedo mientras te la meto. Las tetas se te bambolean con mis embestidas, te mueves como una perra.

sola40: ¿Puedo tocarme, Amo?
tu Amo: Sí, zorra. Hazte una paja.
Era lo que yo estaba haciendo, por debajo del calzoncillo. Casi sin darme cuenta, había empezado a masturbarme. Seguimos hablando un rato y en seguida eyaculé. Poco después mamá escribió:
sola40: ahhhhhhhhhh, Amo, me he corrido.
tu Amo: Puta.
sola40: Sí, Amo, soy muy puta. Gracias, Amo.
tu Amo: Mañana te pondrás pantalones, pero sin bragas.
Desconecté sin despedirme. Poco después oí a mi madre que iba al cuarto de baño. Apagué la luz y cerré los ojos. Me había acostado con mi propia madre: pensé que me iba a quedar ciego como castigo, igual que Edipo.

Por la mañana no la vi y me fui al instituto. Al volver a casa, mamá estaba contenta. Había vuelto a ir a la peluquería, se había maquillado y se había pintado las uñas con esmalte rojo. Llevaba pantalones.

Así estuvimos toda la semana. Cada noche me acostaba con ella por Internet, la castigaba, la obligaba a atarse, a tocarse, a darse pellizcos, a meterse objetos por delante y por detrás, a hacerse daño o a hacerse pajas.

Luego me dormía con el corazón helado.

El viernes le dije:
tu Amo: Mañana te veré, conectarás tu cam.
sola40: Sí, Amo. ¿Podré verte yo a ti?
tu Amo: Cuando llegue el momento, zorra. Mañana sólo tú te exhibirás para mí. Llevarás una blusa azul sin sujetador.

El sábado por la tarde mamá sonreía y se le notaban los pezones en la blusa azul. Por la noche la vi en la cam. Se desnudó muy despacio. Se acarició los pechos como yo le pedí. Se dio la vuelta y se agachó para que la viera por detrás, le-

65

vantando el culo y ofreciéndome el coño. Luego, de frente, abrió las piernas como le ordené y en la pantalla apareció su vulva inflamada: me dieron ganas de llorar. Parecía algo que hubiera sido recién desenterrado del suelo. Después mi madre se sentó al borde de la silla y se masturbó delante de mí con los dedos de la mano derecha, con las uñas pintadas de rojo.

Nos corrimos a la vez.

Antes de desconectar, le anuncié:

>tu Amo: Mañana te haré un regalo, zorra.
>
>sola40: Gracias, Amo. ¿Podré verte? ¿Ése será mi regalo de San Valentín, Amo?
>
>tu Amo: Sorpresa. Mañana te vestirás de rojo. Sin bragas.

Desconecté.

Esa noche no pude dormir. Me ardían los ojos. Estaba convencido de que me quedaría ciego por haber visto lo que había visto, lo que ningún hijo debería ver.

El día de San Valentín mi madre se puso un vestido rojo y se maquilló. Esperaba un regalo de su novio cibernético. Por la noche conectó la cam y la vi sonreír.

>tu Amo: ¿Quieres tu regalo?
>
>sola40: Sí, Amo, por favor.
>
>tu Amo: Muy bien. Sácate la teta derecha por fuera del vestido.
>
>sola40: Sí, Amo.

Daba pena verla así, sentada al ordenador, con una teta fuera y sonriente.

>tu Amo: Hola, Cristina.
>
>sola40: ¿Por qué me llamas así?
>
>tu Amo: Cristina Andrade, sé quién eres.

Vi el miedo en su rostro. Interrumpió la imagen de la cam.

>sola40: ¿Quién eres?
>
>tu Amo: ¿No te da vergüenza lo que haces, Cristina?

  ¿Qué pensaría tu hijo? ¿Te gustaría que lo supiera?
  sola40: Dime quién eres.
  tu Amo: ¿No lo sabes aún? Soy Enrique, el padre de tu hijo, tu ex marido.
  sola40: Hijo de puta.
Desconectó.
Me fui a la cama. La oí llorar en su habitación.
  Fue un buen escarmiento. Conseguí que no volviera a entrar nunca en chats. Tampoco volvió a pintarse.
  Lo que no conseguí fue rescatar a mi madre de sí misma.
  Un mes más tarde no despertó por la mañana. Llamé a la policía. Luego supimos que se había tomado una caja entera de Orfidal. Dejó una nota para mi padre. La leí, no decía nada, pero, como siempre, le echaba a él la culpa de todo.
  A mi padre no le duró mucho la tristeza: sus bolsillos no tienen fondo, están descosidos y nada se sujeta en su interior.
  La tal Alicia desapareció en seguida del mapa.
  Es lo mejor, a papá no le convienen las novias.
  Papá ha vuelto a casa, a la calle Viriato. Ahora yo cuido de él. No necesitamos esas novias tan simpáticas.
  Ya hemos pasado a otra pantalla, aquí empieza una vida diferente, otra oportunidad, esta vez sin mamá.

El Escorial, agosto de 2006

Paredes delgadas
Horacio Castellanos Moya

Hace unos días aún estaba convencido de que toda la culpa era de Sonia, por su necedad, por su obsesión, por sus ganas de salirse siempre con las suyas, pero ahora, en el silencio de esta casa de campo, donde he venido a recuperarme luego del colapso, he descubierto que las cosas son más complejas, que la imbecilidad del ser humano rebasa cualquier previsión, y que a la cabeza de los imbéciles me encuentro yo, hundido y apaleado.

Pese a mis reflexiones autocríticas, sin embargo, no puedo evitar repetirme que el colapso no hubiera sucedido si Sonia no hubiera estado tan obsesionada con ese motel, con el hecho de que pudiéramos oír a través de sus delgadas paredes los gemidos, las expresiones y los gritos de las parejas que fornicaban en las habitaciones contiguas a la nuestra. Desde la primera ocasión en que fuimos a ese motel —es decir, desde la primera vez que nos metimos a la cama–, yo intuí que detrás de esa promiscuidad de sonidos se escondía un peligro, que alguien podría reconocer nuestras voces, tal como se lo advertí. Pero ella me replicó que nadie reconocería a nadie, que sólo estaba dispuesta a ir a la cama conmigo en ese motel, pues oír a las parejas colindantes la excitaba al máximo y era lo que convertiría nuestro *affair* en algo especial, que sería ahí o en ningún otro lado. Yo me dejé llevar porque el motel estaba lo suficientemente lejos del periódico como para no correr el riesgo de encuentros inesperados, y lo suficientemente cerca como para escaparnos a media tarde o al final de la jornada.

Tampoco puedo evitar repetirme que si ese fatídico día yo hubiera seguido mi sentido común, en vez del capricho de Sonia, nada hubiera cambiado en mi vida. Desde que nos vimos en el pasillo de la redacción, antes de la junta de editores del mediodía, y ella me propuso que nos encontráramos en el motel a media tarde, yo le advertí que ése no era un buen día, que el motel estaría a reventar y no encontraríamos habitación, que lo dejáramos para otra ocasión, yo andaría a las carreras con el cierre de mi sección y, además, en la noche debía cenar con Victoria, mi mujer, quien se tomaba muy a pecho que celebráramos con una cena íntima el llamado Día del Amor. Sonia sólo me lanzó un mohín de desprecio y dijo que lo habláramos después de la junta.

Soy editor de la sección cultural del periódico; Sonia de la sección de negocios. Yo he cumplido cuatro años de trabajar en ese medio, aunque ahora haya pedido baja por enfermedad; ella llegó hace unos seis meses. Guapa, inteligente, con la apariencia de una ejecutiva empresarial, pero de carácter hosco, arrogante, pronto se convirtió en presa codiciada entre los editores. Yo no le di importancia, en especial porque era evidente su desprecio hacia los temas culturales y, en las juntas, cuando yo exponía mi propuesta de contenidos para la sección, ella asumía la típica expresión de indulgencia hacia lo que apenas importa. Pero el destino es el destino, o la estupidez inevitable; el caso es que tres meses más tarde visitamos por primera vez el motel de paredes delgadas y comenzó ese *affair* clandestino del que nadie en el periódico debía enterarse. Yo no tenía la menor intención de arriesgar mis cinco años de matrimonio con Victoria; Sonia tampoco tenía el mínimo interés en que se la asociara públicamente conmigo –siempre se refirió a un novio llamado Alberto, quien nunca apareció por el periódico, y casi a diario era solicitada para comidas y cenas por los jefes de relaciones públicas de bancos y corporativos empresariales.

Ese mediodía, luego de salir de la junta de editores, me siguió hacia mi escritorio, aprovechó el hecho de que no había ningún reportero en los alrededores, y me dijo de mal modo que para ella era muy importante que esa tarde fuéramos al motel, que en caso de que me negara a ir ella entendería que yo ya estaba cansado de nuestros encuentros y lo mejor, entonces, sería ponerles punto final. Debo aclarar que nuestra relación era sólo física, que los dos estábamos claros en que no había ningún involucramiento emocional, que lo que practicábamos era un ejercicio de placer sexual que nos permitía relajarnos, una o dos veces a la semana, en medio del ajetreo y el stress del periódico. Por eso me sorprendió su insistencia, como si de pronto la situación hubiese cambiado y ella reclamara los derechos de la amante, y le pregunté, burlón, si lo que se proponía era celebrar el Día del Amor, o de la Amistad, como también le llaman los comerciantes a la festividad de San Valentín. Dio media vuelta, sin responder, y se largó a su sección.

Me gustaría echarle la culpa a mi cuerpo, al animal que ya se estaba acostumbrando a satisfacerse en ese motel de paredes delgadas, o a cierta indolencia que a veces me lleva a someterme a los caprichos de los otros sin oponer la resistencia que debiera, pero como dije al principio, a esta altura repartir culpas de poco sirve y el hecho es que unos minutos más tarde tomé el auricular, marqué la extensión de Sonia y le dije que a las tres y media nos encontraríamos en el motel, a fin de que dispusiéramos al menos de una hora para retozar y enseguida volver cada quien por su ruta, como siempre, a la junta de editores de las cinco de la tarde.

–Allá nos vemos –dijo con sequedad, como si le hubiera molestado que yo la hubiese hecho esperar tanto.

Bajé, pues, un poco antes de las dos a la cantina, ubicada en el edificio contiguo al periódico, donde varios editores y reporteros especiales comíamos diariamente, compartíamos chismes y conspiraciones, una cantina que Sonia consideraba sórdida y a la que sólo accedió a entrar en una ocasión, para confirmar que esa atmósfera de «empleadillos» de la Lotería y del Senado, cuyas oficinas estaban en las cercanías del periódico, le repugnaba. Cuando no era invitada a restaurantes de categoría, ella llevaba sus propios alimentos, ensaladas y sándwiches, y comía en su escritorio.

La cantina retumbaba: las mesas repletas, el humo, los gritos, las carcajadas, el restallido de las fichas de dominó, los brindis por el Día del Amor. Conseguí una silla para sentarme a la mesa con Lencho Garfias, el reportero estrella del Congreso, Tomás Castillo, el editor de nacionales, y la «bruja» Martínez, el subeditor de fotografía. Pedí mi vodka tónic y el menú del día, con sopa de lentejas y albóndigas en chile chipotle. Corrían fuertes rumores sobre la guerra subterránea que el subdirector del periódico le había declarado al director, a fin de obligarlo a renunciar y quedarse con su puesto. Editores y reporteros compartíamos chismes, hacíamos apuestas, y los más ingenuos expresaban su alineamiento con uno de los bandos.

A la hora del postre, Garfias, el más viejo y zamarro de nosotros, preguntó, relamiéndose los labios, si ya sabíamos quién se estaba cogiendo a Sonia. Lo volteamos a ver con curiosidad, expectantes, ansiosos por el chisme.

—Dicen que el *boss* se la llevó anoche en su coche —susurró, con una sonrisa pícara, libidinosa.

Tomás y yo lanzamos sendos silbidos de asombro.

—Iban a la cena de aniversario del Club de Hombres de Negocios —aclaró la «bruja», haciéndonos perder todo interés—. Nosotros enviamos a la Tere a cubrir el evento, pero la nota se publicará mañana.

—Y después de la cena, ¿qué pasó?... —dijo Garfias, alzando las cejas y frotándose las manos con regocijo, como si él estuviera en la humedad del secreto.

No era la primera vez que yo oía rumores sobre probables amantes de Sonia ni me hubiera extrañado que Edmundo, el director, estuviera tratando de chuparle los huesos, a fin de cuentas no en balde tenía su fama de solterón empedernido, a menudo envuelto en líos de faldas con editoras y reporteras.

Pero faltaba un cuarto para las tres y el tiempo apremiaba. Bebí mi expreso de un sorbo, pagué la cuenta y subí de nuevo al periódico, a cepillarme los dientes y a dejar mis papeles preparados para la junta de las cinco. Enseguida bajé a la calle, enfilé hacia la boca del metro, recorrí las tres estaciones que me separaban del motel y, como llegué con unos pocos minutos de adelanto, me metí al Sears a esperar que dieran las tres y media. Luego, con puntualidad cronométrica, estuve frente a la recepción del motel, pagué la habitación, tomé la llave y esperé unos segundos a que Sonia apareciera, para que me siguiera escaleras arriba. Ése era el rito de ingreso que ella había impuesto y yo lo seguía al pie de la letra: ella llegaba en coche, se estacionaba en los alrededores, permanecía atenta y, cuando me veía entrar al motel, iba detrás de mí. De igual manera, nunca salíamos juntos, sino que yo debía esperar en la habitación cinco minutos después de que ella partiera. Desde la primera ocasión le dije que esa forma de comportarnos era más propia de personajes de una novela de espionaje que de dos editores que pasaban desapercibidos entre los veinte millones de habitantes de la ciudad; luego le comenté, no sin mordacidad, que tanto esfuerzo de secretividad se contradecía con el hecho de que lo realizáramos para encerrarnos en una habitación a través de cuyas paredes se filtraban ruidos y voces. Pero Sonia nada más dijo que no le gustaba dejar ningún detalle suelto, que ésa era la forma en que teníamos que proceder.

Ahora me pregunto si no fue ese carácter dominante, tiránico, lo que más me atrajo de Sonia, y no sus atributos físicos o sus habilidades en la cama. Porque al igual que estableció una estricta rutina para nuestro ingreso y salida del motel, no hubo manera de descarrilarla en su estricta rutina amatoria, lo que la convertía en el polo opuesto de Victoria, una mujer independiente y de carácter fuerte en la vida cotidiana, pero completamente sumisa y maleable en el acto sexual.

Entramos a una habitación de la segunda planta, similar a las otras que ya conocíamos, de espacio reducido, en su mayor parte ocupado por la cama matrimonial y las dos mesitas de noche; un televisor yacía empotrado en la pared casi a la altura del techo y por la puerta abierta del baño se notaba que recién lo habían fregado.

—Démonos prisa —dijo Sonia, en voz muy baja, antes de meterse al baño, como siempre hacía, para unos minutos más tarde salir completamente desnuda—. Edmundo quiere reunirse conmigo un rato antes de la junta.

Iba a comentarle el chisme de Garfias, pero recordé las paredes delgadas y ella ya había cerrado la puerta del baño; además, semejante rumor podría alterar su estado de ánimo y acabar de antemano con nuestra jornada erótica.

Apagué mi teléfono celular, colgué mi chaqueta en la percha de la puerta. Escuché voces en la habitación contigua, una puerta que se abría; deduje que la pareja iba de salida. Procedí a desvestirme.

El ritual era siempre el mismo: ella salía del baño con garbo, espléndida, su piel lechosa, los senos pequeños y erguidos, el vientre terso, impecable, y permanecía de pie mientras yo empezaba a besarla, a lamerla, descendiendo poco a poco por su cuerpo delgado, hasta que, de rodillas, me aplicaba a comerle el coño. Eso era lo que a ella le encantaba, me dijo desde la primera vez: contemplarme desde su altura mientras de rodillas le comía el coño. Luego se tendía boca abajo en la cama, para que yo le lamiera las entrepiernas, sus nalguitas, ensalivando los vellos castaños de su rabadilla, mordisqueándole la espalda y la nuca, hasta terminar jugueteando con mi lengua en su ano. En ese instante, encarrilada hacia el orgasmo, yo debía tenderme en la cama para que ella comenzara a cabalgarme, a restregarse en mi pelvis con movimientos lentos y de giro profundo, mientras de su boca salía el gorgoteo de quien chupa con fruición su propia saliva, nada de gemidos ni de exclamaciones ni de gritos, sólo el sonido de quien chupa su propia saliva con la mayor de las fruiciones, cabalgándome con movimientos que cada vez reducían el giro y aumentaban en velocidad, hasta que, con sus manos aferradas a mis pectorales y un intenso gorgoteo de saliva en su boca, alcanzaba el orgasmo. Enseguida se dejaba caer sobre mí, me susurraba al oído que se había venido muy rico y preguntaba si yo me había venido también. Yo le decía que aún no. Entonces, una vez sosegada, se desensartaba, se ponía en cuatro patas, para que yo la penetrara desde atrás, porque desde el principio me dejó en claro que yacer tendida boca arriba con un hombre encima no era su posición preferida.

–Qué raro que no escuchemos a nadie en las habitaciones contiguas –susurró mientras alzaba su culito y se acomodaba de bruces.

–Como es el Día del Amor, todos disfrutan aún de la sobremesa, pero en un rato no cabrá un alma –dije, aferrándome a sus caderas y comenzando mis embates.

Me gustaba atacarla con un combinado de movimientos, primero profundos y violentos, y luego suaves y delicados, apenas restregando mi glande en sus labios vaginales. Me encantaba contemplar los vellos castaños de su rabadilla y también el ojo de su culo, que, suculento, parpadeaba al ritmo de mis embates. Y me hubiera gustado metérsela enseguida por ese agujero, pero ya sabía yo que ella se negaba a que le diera por el culo en las tardes, luego de la comida, bajo el argumento irrebatible de que su esfínter no se dilataba si había alimentos en su estómago; sólo en las noches, y antes de que ella cenara, tuve la oportunidad de sodomizarla, bajo la estricta advertencia, sin embargo, de que por nada del mundo fuera a venirme dentro de ella, que nada le repugnaba tanto como que el culo le quedara chorreando leche.

—¿Quieres venirte en mi boca? —preguntó, con un susurro, mientras yo comenzaba a sudar y ella, satisfecha y agotada, lo que más deseaba era dormitar un rato.

Me salí, pues, de su coño y me tendí en la cama. Sonia mamaba en los límites de lo correcto, nada del otro mundo, pues, pero por una de esas razones que se esconden en los pliegues de la mente, bastaba con verla cuando se metía mi verga en la boca para que yo me excitara al límite, una excitación que una vez que ella comenzaba a succionar muy pronto me conducía a la eyaculación, tal como sucedió entonces, un orgasmo intenso, de una calidad distinta a los que yo acostumbraba, muy silencioso, dada mi conciencia de las delgadas paredes, y que me dejaba tremendamente agotado, quizá porque procedía más del placer de mi mente que de lo puramente corporal, pienso ahora.

Con la boca llena de semen, Sonia se abalanzaba rauda en busca de un vaso sobre la mesita de noche, en caso de que estuviera ahí, o de plano saltaba de la cama hacia el baño para escupir mi leche en el lavamanos, tal como sucedió en esa ocasión. Por nada del mundo se tragaría mi semen, respondió con expresión de repugnancia, cuando una vez me atreví a inquirir sobre su comportamiento.

Mientras ella sacaba el estuche dental de su bolso de mano y procedía a cepillarse los dientes, oí con claridad que una pareja entraba a la habitación contigua, del lado de la cama en que yo yacía tendido. Quise distinguir sus voces, pero tuve la impresión de que al nomás cerrar la puerta comenzaron a besarse.

Vi mi reloj de pulsera: faltaban tres minutos para las cuatro de la tarde.

—Ya comienzan a venir —le dije a Sonia, en un susurro, señalando con mi pulgar la habitación contigua.

—Lástima que no vinieron antes —murmuró ella, acomodándose en la cama—. Tenemos veinte minutos para una siesta. Ya programé mi celular para que nos despierte.

Pronto entré en la duermevela. Aun así pude distinguir un chupeteo intenso, feroz, propio de una consumada experta en las artes de la felación, y la voz de un tipo que decía: «Qué delicia, mamita... No sabía que la chupabas tan rico». Sonia yacía acostada boca abajo; puso su mano en mi pecho y, a medida que el chupeteo de la mujer y las exclamaciones de placer del tipo aumentaban, la fue bajando hacia mis genitales.

—Se va a atragantar —murmuré.

Sonia había comenzado a jalar mi verga alicaída, con un ritmo lento, acompasado.

En efecto, unos segundos más tarde la mujer se atragantó y tosió.

Sonia me presionó el glande, como reconocimiento a mi predicción.

Pero en ese instante abrí los ojos y casi salto de la cama: yo conocía esa forma de chupetear y sobre todo esa tos, me dije, a punto del espanto.

Sonia se incorporó.

—Me están dando ganitas de nuevo —murmuró.

Yo estaba con mis sentidos alertas, atento al máximo a lo que sucedía en la habitación contigua.

Pero hubo un silencio, prolongado, como si hubieran vuelto a besarse o terminaran de desvestirse.

No puede ser, pensé. Todo es una coincidencia, una alucinación, la paranoia de mi mente agotada.

Enseguida la cama vecina comenzó a traquetear. Con mis pensamientos hechos un remolino, traté de distinguir los gemidos de la mujer, anhelando que se tratara de un timbre desconocido. Pero Sonia ya se había acomodado para cabalgar sobre mi rostro: de rodillas, con sus muslos apretando mis orejas, aferrada con ambas manos a mi cabello, restregaba rítmicamente su coño en mi boca, haciendo cada vez con más intensidad el gorgoteo de quien chupa con fruición su propia saliva. Yo no pude más que usar mi lengua y mi boca tal como siempre lo hacía en esta segunda arremetida, dejando que me restregara el bollo en el rostro, su clítoris en mi rugosa nariz, conteniendo las ganas de estornudar cuando un pelillo se metía en mi fosa nasal, metiendo lo más posible mi lengua para relamer sus paredes vaginales, hasta que me aplicaba a succionar su clítoris y ella lograba su orgasmo.

En esta ocasión, empero, yo actuaba de manera mecánica, sin ninguna concentración, tratando infructuosamente de oír con precisión los gemidos de la mujer en la habitación vecina, en realidad con el alma en un hilo, temiendo lo peor.

Sólo cuando Sonia se tumbó a mi lado, satisfecha, pude oír con claridad el profundo gemido de la mujer en pleno orgasmo y me levanté impelido por el horror. Ésa era Victoria, mi mujer, sin ninguna duda. Sonia me vio, con asombro, mientras yo pegaba mi oreja a la pared para mejor distinguir las voces vecinas.

–¡No te detengas, papi! ¡Métemela más, más, más!... –exclamaba Victoria, entre gemidos.

Yo permanecía paralizado, junto a la pared, en una especie de ataque de pánico, cuando ella soltó el agudo grito del clímax.

–¿Qué te pasa? –preguntó Sonia, con preocupación, incorporándose en la cama.

Pero yo no podía volver en mí. Era jueves, Victoria debía estar en la universidad, dando su cátedra de las cuatro de la tarde.

Hubo un breve silencio.

–Despacito... –pidió enseguida Victoria. Y fue como si yo pudiera ver a través de la pared el extravío de placer en su mirada, sus piernas alzadas y su ano dilatándose a medida que era penetrado. Sufrí un vahído, como si de pronto hubieran quitado el suelo de debajo de mis pies.

Por suerte Sonia ya estaba a mi lado, alarmada.

–¿Qué pasa?... ¿Quién es?... ¿Te sientes bien?... –preguntaba, zarandeándome.

Logré reaccionar.

–Tengo que irme –balbuceé.

Tomé mi ropa, deprisa. No había terminado de vestirme, conmocionado, cuando oí el grito entre quejidos:

–¡Reviéntame, papi!...

Logré ponerme la chaqueta, abrir la puerta intempestivamente y salir a la carrera, bajo la mirada atónita de Sonia. Pasé de largo la puerta de la habitación fatídica, como si el solo hecho de verla pudiera quemarme los ojos, y bajé las escaleras a los brincos, con una turbulencia interna que nublaba mi mente y mis emociones. En la calle, caminé deprisa, sin voltear a ver hacia atrás, poseído por un torbellino de imágenes, por una especie de vértigo. Me detuve frente a la boca del metro, sudoroso; sentía fuertes palpitaciones en el pecho, en las sienes. Saqué mi teléfono celular y marqué el número de Victoria: su celular estaba apagado, por supuesto, como todos los jueves a esa hora, cuando daba su cátedra de literatura portuguesa contemporánea. En un instante fui asaltado por la idea de regresar, de agazaparme frente al motel para verlos salir y descubrir a su amante. En vez de ello, bajé las escaleras como un perseguido.

81

Aún hoy, luego de dos semanas de reposo, no consigo comprender de dónde saqué fuerzas para regresar al periódico, para participar en la junta de editores esquivando las miradas furtivas de Sonia, para terminar de editar la sección a mi hora de cierre y responder la llamada de Victoria, a las ocho de la noche, tal como habíamos acordado, cuando ella confirmaría si yo había cerrado a tiempo y podría llegar puntualmente al restaurante La Gloria, en la colonia Condesa, donde ella había reservado una mesa para que celebráramos nuestra cena del Día del Amor. Aún hoy no consigo comprender cómo pude sostener la conversación sobre su clase de literatura portuguesa de esa tarde, mientras degustaba un atún a la plancha y una botella de vino chileno, sin que en ningún momento reventara y le reclamara a los gritos lo infinitamente puta y traidora que era. El colapso vino después, cuando ya habíamos entrado a nuestro apartamento: de súbito algo explotó dentro de mí y el mundo se me vino abajo. Pero ésa es otra historia, la historia de mi matrimonio, y aún no estoy preparado para contarla.

Pittsburgh, septiembre de 2006

Simple placer. Puro placer
Cristina Rivera Garza

Lo recordaría todo de improviso y en detalle. Vería el anillo de jade alrededor del dedo anular y, de inmediato, vería el otro anillo de jade. Abriría los ojos desmesuradamente y, sin saber por qué, callaría. No preguntaría nada más. Diría: sí, muy hermoso. Lo es. Y pasaría las yemas de sus dedos sobre la delicada figura de las serpientes.

Una caricia. El asomo de una caricia. Una mano inmóvil, abajo. Una mano de alabastro.

Cruzaba la ciudad al amanecer, en el asiento posterior de un taxi. Iba entre adormilada y tensa, su bolsa de mano apretada contra el pecho. En el aeropuerto la aguardaba el inicio de un largo viaje. Lo sabía y saberlo sólo le producía desasosiego. No tenía idea de cuándo había aparecido su disgusto por los viajes, esa renuncia a emprenderlos, su forma de resignarse, no sin amargura, ante ellos. Con frecuencia tenía pesadillas antes de partir y, ya en las escalerillas del avión, presentía cosas terribles. Una muerte súbita. El descubrimiento de una enfermedad crónica. La soledad.

–Éste será el último –se prometía en voz baja y, luego, movía la cabeza de derecha a izquierda, incapaz de creerse.

–¿Decía algo? –le preguntó el taxista, mirándola por el espejo retrovisor.

–Nada –susurró–. Decía que será el último viaje.
–Ah, eso –repitió él. Luego sólo guardó silencio.
Cuando el auto bajó gradualmente la velocidad, los dos se asomaron por las ventanillas.
–Un accidente –murmuró él, desganado.
–Sí –asintió ella. Pero a medida que se aproximaban al lugar de la colisión, no vieron autos destruidos o señas de conflicto. Avanzaron a vuelta de rueda sin saber qué pasaba, preguntándoselo con insistencia. Abrieron los ojos. Observaron el cielo gris, las caras de los chóferes desvelados, los pedazos de vidrio sobre el asfalto. No fue sino hasta que estuvieron a punto de dejar la escena atrás cuando los dos se percataron de lo acontecido.
–Pero si es un cuerpo –exclamó él. La voz en súbito estado de alarma.
–Un cuerpo desnudo –susurró ella–. Un cuerpo sin cabeza.
Ella le pidió que se detuviera y que la esperara. Ya abajo, mostró su identificación para que los policías que vigilaban la escena la dejaran cruzar la valla amarilla. Caminó alrededor del cuerpo decapitado y, antes de pedir algo con que cubrirlo, se detuvo a mirar la mano izquierda del muerto. Ahí, alrededor del dedo anular, justo antes de que iniciara el gran charco de sangre, estaba el anillo de jade. Dos serpientes entrelazadas, verdes. Un objeto de una delicadeza extrema. La Detective lanzó su mano hacia la sortija pero al final, justo cuando concluía su gesto, se detuvo en seco. Había algo en el anillo, algo entre el anillo y el mundo, que le impedía el contacto. Fue entonces cuando observó su propia mano, inmóvil y larga, suspendida en el aire de la madrugada.
–Se le hace tarde –alcanzó a oír. Y se puso en marcha.

Hay una ciudad dentro de una cabeza.

A su regreso preguntó por él, por el hombre decapitado, pero nadie supo darle datos al respecto. Buscó entre los documentos archivados en el Departamento de Investigación de Homicidios y tampoco encontró información ahí. Hasta su asistente se mostró incrédulo cuando le refirió el suceso.
　–¿Estás segura? –la miró de lado–. Habríamos sabido de algo así.
　–¿Tampoco en los diarios? –preguntó–. ¿Tampoco ahí?
　El muchacho movió la cabeza en gesto negativo y bajó la vista. Ella no pudo soportar su sospecha o su lástima y salió a toda prisa de la oficina.

　El taxista le aseguró que lo recordaba todo. A petición suya vació su memoria frente a sus ojos, sobre sus manos, en todo detalle. Recordaba que el cuerpo cercenado se encontraba en el segundo carril de la autopista que iba al aeropuerto. Recordaba que no llevaba ninguna prenda de vestir y que la piel mostraba magulladuras varias. Pintura abstracta. Tortura. Recordaba el charco de sangre y los extraños ángulos que formaban los distintos miembros del cuerpo. Recordaba que había ya tres o cuatro policías, en eso su memoria dudaba un poco, alrededor del cadáver cuando ella se bajó del auto y merodeó por el lugar de los hechos. Recordaba que había sido él quien reaccionó: tenían que alejarse de ahí si no quería perder el vuelo. Ella tenía que dejar la posición en que se encontraba, de cuclillas junto al muerto, si es que quería llegar a tiempo. Eso hizo: se incorporó. El ruido de las rodillas. Eso lo recordaba también. Al final: el ruido de las rodillas. Eso.

–Siempre quise un anillo así –le dijo a la mujer que lo portaba con cierta indiferencia y cierto donaire.

La mujer elevó la mano, el dorso apuntando hacia sus ojos. Parecía que lo mirara por primera vez.

–¿Te gusta de verdad?

–Sí –afirmó la Detective–. Todavía me gustaría tener uno así.

La mujer se volvió a ver las aguas alumbradas de la alberca y, con melancolía o indiferencia, la Detective no pudo decidir exactamente cómo, se llevó un vaso alargado hacia los labios.

–Es un anillo de Oriente –dijo–. De las islas –pronunciaba las palabras como si no estuviera ahí, alrededor de la alberca, entre los sosegados murmullos de gente que deja pasar el tiempo en una fiesta–. Un regalo –concluyó volviendo a colocar el dorso de la mano izquierda justo frente a sus ojos. La mirada, incrédula. O desasida. Las uñas apuntando hacia el cielo–. El regalo de una fecha excesivamente sentimental.

–Un regalo amoroso –intercedió la Detective en voz muy baja.

La mujer, por toda respuesta, le sonrió incrédula, desganada.

–Podría decirse que sí –murmuró al final–. Algo así.

No podía evitarlo, cada que conocía a alguien se hacía las mismas preguntas. ¿Se trata de una persona capaz de matar? ¿Estoy frente a la víctima o el victimario? ¿Opondría resistencia en el momento crucial? Gajes del oficio. Cuando la mujer se dio la vuelta, alejándose por la orilla de la alberca con una languidez de otro tiempo, un tiempo menos veloz aunque no menos intenso, la Detective estaba indecisa. No sabía si la mujer era capaz de matar a sangre fría, cercenando la cabeza y arrojando el cuerpo después sobre una carretera que va al aeropuerto. No sabía si la mujer era la víctima de una conspiración hecha de joyas y estupefacientes y mentiras. No sabía si la indiferencia era una máscara o la cabeza ya sin máscara. La mujer, en todo caso, la intrigó precisamente por eso, porque su actitud no le dejaba saber nada de ella. Porque su actitud era un velo.

–¿Qué es un anillo en realidad? –le había preguntado al Asistente sin despegar las manos del volante ni dejar de ver hacia la carretera–. ¿Un grillete? ¿El eslabón de una cadena? ¿Una marca de pertenencia?

–Un anillo puede ser también una promesa –interrumpió el muchacho–. No todo regalo amoroso, no todo objeto marcado por San Valentín, tiene que ser tan terrible como lo imaginas.

La Detective se volvió a verlo. Estiró la comisura derecha de la boca y le pidió un cigarro.

–Pero si tú no fumas –le recordó.

–Nada más para sostenerlo entre los dedos –dijo–. Anda –lo conminó.

–¿Estás segura de que se trata del mismo anillo? ¿Del mismo diseño?

–Mismo diseño, sí. Pero puede ser una casualidad. Una casualidad tremenda. Además, tenemos otras cosas por resolver. No tenemos tiempo para investigar asesinatos que nadie registró en ningún lado. No nos pagan para hacer eso.

Los dos se miraron de reojo y se echaron a reír. Luego, bajo la luz roja del semáforo, bajaron las ventanillas del auto y se dedicaron a ver el cielo.

–¿Cómo empezamos?

Hay una película dentro de una cabeza.

89

La volvió a encontrar en los pasillos de un gran almacén. Mercancías. Precios. Etiquetas. La Detective buscaba filtros para café mientras que la Mujer del Anillo de Jade analizaba, con sumo cuidado, con un cuidado que más bien parecía una escenografía, unas cuantas botellas de vino. La observó de lejos mientras decidía cómo acercarse: los hombros estrechos, el pelo largo y lacio, los zapatos de tacón. No era una mujer hermosa, pero sí elegante. Se trataba de alguien que siempre llamaba la atención.

–La casualidad es una cosa tremenda –le dijo por todo saludo cuando se colocó frente a ella y le extendió la mano.

–¿Vienes aquí muy seguido? –le contestó la mujer sin sorpresa alguna, colocando el rostro cerca del de la Detective para brindarle, y recibir, los besos de un saludo más familiar.

–En realidad no –dijo y sonrió en el acto–. Vengo aquí nada más cuando sé que me encontraré en el pasillo 8, a las tres de la tarde, a la Mujer con el Anillo de Jade.

–¿Todavía quieres uno así? –volvió a elevar la mano izquierda, las uñas al techo, para ver el anillo de nueva cuenta.

–¿Lo vendes?

La Mujer del Anillo soltó una carcajada entre estridente y dulce, luego la tomó del codo y la guió, sin preguntarle, hasta la salida del almacén.

–Ven –dijo–. Sígueme.

Se subieron a la parte trasera de un coche negro que arrancó a toda velocidad. La Mujer del Anillo marcó un número en su teléfono celular y, volviéndose hacia la ventanilla, dijo algo en voz muy baja y en un idioma que la Detective no entendió. Pronto transitaban por callejuelas bordeadas de tendajos y puestos de comida. El olor a grasa frita. El olor a incienso. El olor a muchos cuerpos juntos. Cuando el auto finalmente llegó a su destino tuvo la sensación de que se habían trasladado a otra zona de tiempo, en otro país. Puro bullicio alrededor.

–Te voy a pedir un favor muy grande –le avisó la mujer–. Voy a pedirte que me aclares algo –imposible saber qué había en sus ojos detrás de las gafas negras, imposible saber qué motivaba el leve temblor de los labios–. Tú te dedicas a investigar cosas, ¿no es cierto?

Tan pronto como la Detective asintió, volvió a tomarla del codo y a dirigirla entre el gentío y bajo los techos de los tendajos hacia otros vericuetos aún más estrechos. Finalmente abrió una puerta de madera roja y, como si se encontraran ya a salvo después de una larga persecución, se echaron sobre unos sillones de piel abullonados. Un hombrecillo frágil les ofreció agua. Alguien más encendió la música de fondo. La mujer apagó su teléfono.

–A final de cuentas la casualidad no es una cosa tan tremenda, ¿verdad? –preguntó la Detective con su altanería usual, tratando de entrar cuanto antes en el tema.

–En todo caso no es un asunto original –le contestó con una altanería si no similar, por lo menos de la misma contundencia.

–Quieres hablarme de un hombre decapitado del que nadie sabe nada. Quieres contarme del otro anillo –la Detective se cubría la boca con el vaso de agua mientras la miraba y miraba, al mismo tiempo, el cuarto donde se encontraban. Las ventanas cubiertas por gruesas cortinas de terciopelo. El piso de silenciosa madera. Las telarañas en las esquinas. Igual ahí se acababa todo. Igual y no había nada más.

–¿Siempre eres tan apresurada? –le preguntó. Los ojos entornados. La molestia. Los gestos de la buena educación.

–Supongo que sí. Esto –se interrumpió para beber otro trago de agua– es mi trabajo. Así me gano la vida. No es un hobby, por si te interesa saberlo.

–Puedo pagarte dos o tres veces más de lo que ganas.
–Que sean cuatro –respondió de inmediato. Luego sonrió. Entonces empezaron a hablar.

El dinero. El dinero siempre hacía de las suyas con ella. El dinero y el conocimiento –dos monedas de cambio. Estaba segura de que al final de todo, cuando recibiera la cantidad pactada, volvería a reírse frente al espejo del baño con la misma incredulidad y la misma agudeza. ¿De verdad lo necesitaba? El agua. Las gotas de agua sobre el rostro. Se respondería entonces lo que se respondía ahora mismo: no, en sentido estricto, no lo necesitaba. Añadiría: quien lo necesita, quien necesita darlo a cambio de lo que yo sabré, es ella. Y entonces volvería a ver el anillo como lo vio la primera vez: una argolla, una trampa, el último eslabón de la cadena que todavía ataba al decapitado a la vida. Una seña. El hallazgo y el dinero. La cadena del mundo natural. Cuando se metió bajo las sábanas pensó que no le molestaría en lo más mínimo que fueran de seda.

Le dijo que el anillo era una promesa. Una promesa que había dado y una promesa que había recibido. Un pacto.
–¿De sangre? –la interrumpió sin poder ocultar la burla.
–Algo así –contestó ella, sin inmutarse, mirándola al centro mismo de los ojos.
Le dijo que ella también lo había visto sobre la carretera. Lo había visto, aclaró, sin saber que era él. Sin imaginarlo siquiera. Dijo que su auto también había bajado la velocidad y que, al no ver el accidente, se había preguntado por la causa de la demora. Tenía que llegar a tiempo. Dijo que llevaba entre las manos el boleto para emprender un largo viaje, un via-

je al Oriente. Y se lo mostró en ese instante. Le mostró el boleto. Un boleto sin usar. Cuando él no llegó, eso también se lo dijo, cuando comprobó que no llegaba, que ya no llegaría más, se dio la media vuelta y regresó a su casa. No había llorado, le dijo.

También le dijo que era cursi, muy cursi, cursi de una manera extrema. Que se tomaba las cosas literalmente. Que tenía otros defectos de los que no podía hablar. Le dijo que no había tratado de averiguar nada. La curiosidad sólo llegó después. Le dijo que al inicio se contentó con escuchar los rumores que intercambiaban los chóferes. Captaba una que otra palabra de sus conversaciones en voz baja: cuerpo, tortura, cabeza, mano. Luego oyó las palabras que se referían al sitio: la carretera, el segundo carril, el aeropuerto. Dijo que poco a poco, sin quererlo en realidad, había formado un rompecabezas de ecos, susurros, secretos. Nada más le hacía falta la cabeza, le dijo. Porque hay una ciudad ahí. Una película. Una vida entera ahí. En la cabeza.

El anillo de jade era una joya preciada. Si se trataba en realidad de ese anillo, del anillo que aparecía en las fotografías que había conseguido por Internet, entonces estaban frente a una alhaja de gran valor. Venía de Oriente, en efecto, pero el diseñador pertenecía a dos mundos: un habitante de la metrópoli central ya por años. Las serpientes entrelazadas, sin embargo, venían de más atrás. De todo el tiempo. El motivo que desde lejos parecía únicamente amoroso era también, visto de cerca, letal. Una serpiente abría las fauces. La otra también. Frente a frente, en estado de estupor o de alerta, la circunferencia del anillo parecía tener el tamaño exacto para que los dientes, aunque mostrándose, no se tocaran. Se trataba de un círculo hecho para prevenir un daño. Para exorcizarlo.

Una serpiente frente a otra. Las bocas abiertas. Los cuerpos entrelazados. Un lecho circular bajo sus cuerpos. El inicio de una película. El inicio de una ciudad. La Detective abrió los ojos desmesuradamente frente al parabrisas. Las luces intermitentes del semáforo sobre el hombre, sobre la mujer, que yacían ajenos a todo, en otro lado. La redondez de los hombros. La apertura de los labios. El aroma a té de jazmín por entre todo eso. Uno respiraba dentro del otro. Las palabras: para siempre. Las palabras: una isla de terciopelo. Las palabras: aquí adentro todo es mío. Uno respiraba fuera del otro.

Había ido a la Lejana Ciudad Oriental para continuar con la investigación del tráfico de estupefacientes. Días antes, por un golpe de suerte, habían dado con un nombre que, de inmediato, les pareció de importancia en el caso. Cuando hubo que decidir quién emprendería el viaje, los detectives casados y los de recién contratación la señalaron a ella como si la selección fuera obvia y natural. No tuvo alternativa. En el momento del despegue, todavía con el desasosiego que le producía el viaje y la visión del cuerpo decapitado, pensó en las muchas cosas a las que la obligaba su soltería. Viajar por el mundo, por ejemplo. Detenerse frente a cadáveres frescos. Preguntarse por la ubicación de una cabeza.

–¿Viaje de placer? –le había preguntado su compañero de asiento tratando de hacer plática.

Por toda respuesta la Detective meneó la cabeza y cerró los ojos. Placer. Hacía mucho tiempo que no hacía cosas por placer. Simple placer. Puro placer.

Hay un avión que vuela dentro de una cabeza.

–El carpetazo al asunto vino desde arriba –le susurró el Asistente mientras caminaban a su auto. Y se lo había repetido después, ya en la mesa del restaurante donde habían elegido comer ese día.
    –Falta de indicios –continuó–. Ya sabes. Una ejecución más. Una de tantas.
    Un hueso de pollo saliendo de su boca. Los dedos llenos de grasa. Las palabras rápidas.
    –¿Y nunca encontraron ni el arma ni la cabeza?
    –Nunca.

Hay un cuerpo dentro de una cabeza. Una mano de alabastro. Un anillo.

Abrió la puerta de su casa. Se quitó los zapatos. Puso agua para preparar té. Cuando finalmente se echó sobre el sillón de la sala se dio cuenta de que no sólo estaba exhausta sino también triste. Algo sobre el homicidio no atendido. *Una ejecución más. Una de tantas.* Algo sobre tener que emprender un viaje a una lejana ciudad del Oriente. Algo sobre estatuas de tamaño natural destruidas por el tiempo. Miembros rotos alrededor. Algo sobre una mujer que usa dinero para comprar una cabeza dentro de la cual hay una ciudad con muchas luces y una película de dos cuerpos juntos, una respiración adversa, y un avión que despega. Algo sobre abrir la puerta y quitarse los zapatos y preparar té dentro de una casa donde una cabeza flota dentro de una cabeza.

Regresó al lugar de los hechos. Le ordenó al taxista que la esperara mientras husmeaba por entre la maleza que bordeaba el lado derecho de la carretera. El pensamiento llegó entero a su mente: busco una cabeza. Se detuvo en seco. Elevó el rostro hacia la claridad arrebatadora del cielo. Respiró profundamente. No creyó que ella fuera una mujer que buscaba una cabeza a la orilla de la carretera que iba al aeropuerto. Luego, pasados unos segundos apenas, volvió a mirar el suelo. Piedrecillas. Huellas. Desechos. Un pedazo de tela. Una lata oxidada. Una etiqueta. Plásticos. Colillas de cigarro. Tocó algunas cosas. A la mayoría sólo las vio de lejos. Se trataba, efectivamente, de una mujer que buscaba una cabeza a la orilla de una carretera. Pronto se convenció de que el crimen no había ocurrido ahí. Aquí. Pronto supo que esto sólo era una escena que reflejaba lo ocurrido en otro sitio. Un sitio lejano. Un sitio tan lejano como el Oriente.

Perder la cabeza. El hombre lo había hecho. Perder todo lo que tenía dentro de la cabeza: una ciudad, una película, una vida, un anillo. Lo que él había perdido, ahora lo ganaba ella: la conexión que iba entre las luces de la ciudad y las luces de la película y las luces de la vida y las luces del anillo. Toda esa luminosidad sobre un lecho circular. La Detective lo vio todo de súbito otra vez, cegada por el momento. Acaso un sueño; con toda seguridad una alucinación. Ahí estaba de nueva cuenta la imbricación de los cuerpos. La malsana lentitud con que la yema del dedo índice resbalaba por la piel del vientre, el enramaje del pubis, la punta de los labios. El espasmo posterior. Ahí estaba ahora la mano que empuñaba, con toda decisión, el largo cabello femenino. Una brida. Los gemidos de dolor. Los gemidos de placer. Puro placer. Simple placer. La

Detective se preguntó, muchas veces, si habría valido la pena eso. Esto: el estallido de la respiración, los ojos en blanco, el crujir del esqueleto. La Detective no pudo saber si el hombre, de estar vivo ahora, correría el riesgo de nuevo.

Hay placer, puro placer, simple placer, dentro de una cabeza.

La mujer no era hermosa, pero sí elegante. Había un velo entre ella y el mundo que producía tensión alrededor. Algo duro. Su manera de caminar. La forma en que levantaba la mano para mostrar, con indolencia, con algo parecido al inicio del aburrimiento, ese anillo. Una promesa. Eso había dicho: una promesa. Una promesa dada y ofrecida. La Detective la visitaba para darle malas noticias: ningún dato, ningún hallazgo, ninguna información. El hombre, cuyo nombre no se atrevía a pronunciar, había desaparecido sin dejar rastro alguno. Ya no podía más. No podía seguir manoseando periódicos viejos ni archivos ni documentos. No podía merodear por más días la escena de la escena de un crimen cometido lejos. No aguantaba más. Se lo decía todo así, de golpe, atropelladamente. No puedo seguir investigando su caso.

La Mujer del Anillo de Jade sonrió apenas. Le ofreció un té helado. La invitó a sentarse sobre el mullido sillón de su sala de estar. Luego abrió una puerta por la que entró una mujer muy pequeña que se hincó frente a ella y, sin mirarla a los ojos, le quitó los zapatos con iguales dosis de destreza y suavidad. Desapareció entonces y volvió a aparecer con un pequeño taburete forrado de terciopelo rojo y una palangana blanca, llena de agua caliente, de la que brotaban aromas a hierbas. Con movimientos delicados le ayudó a introducir sus pies desnudos en ella. El placer más básico. Simple placer. Puro placer. Un gemido apenas. El espasmo. La Mujer Pequeña colocó entonces una de sus extremidades sobre el taburete, entre sus propias piernas semiabiertas. Mientras masajeaba la planta de sus pies, la yema del dedo pulgar sobre la cabeza de los metatarsianos, el resto de los dedos sobre el empeine, la Mujer del Anillo de Jade guardó silencio. Y así se mantuvo cuando las diminutas manos de la masajista trabajaban los costados del pie en forma ascendente y cuando, minutos después, cogía el tendón de Aquiles con los dedos pulgar e índice y lo masajeaba en la misma dirección, firmemente. La mano abierta sobre el empeine, luego. Y, más tarde, en un tiempo que empezaba a no reconocer más, mientras la mujer sujetaba con la mano izquierda su rodilla, doblando suavemente la pierna sobre el muslo, la Detective tuvo unos deseos inmensos de gritar. El dolor la obligó a abrir los ojos que, hasta ese momento, había mantenido cerrados. Abrió los labios. Exhaló. Ahí, frente a ella, suspendida en el aire, estaba la mano de la Mujer del Anillo de Jade que le extendía, justo en ese instante, los billetes prometidos.

–Buen trabajo –la felicitó.

La Detective agachó la cabeza pero elevó la mirada. Los codos sobre las rodillas, los billetes en la mano, y los pies en el agua tibia, aromática. Una imagen extraña. Una imagen fuera de lugar. La corrupción de los sentidos.

Siempre quise un anillo así. Todavía lo quiero.

Ciudad de México, agosto de 2006

San Ballantine's
Albert Andreu

Para Sandra, que lo es todo.
Para mi madre, esperando que no lo lea.
Para mis compañeros, que me soportan.

Cada año, y con éste ya van tres, se repite la misma historia. Cada San Valentín recibo, a primera hora de la mañana, una bonita caja de madera con cuatro rosas rojas y una botella de Ballantine's en su interior.

El primer año pensé que se trataba de una broma o de un malentendido, pero como la empresa de mensajería no me vino más tarde con las típicas disculpas de cuando se han equivocado en una entrega, me decanté por el lado de la broma. La cajita venía acompañada de una nota: «Si quieres conocerme, arréglate una de estas rosas en el pelo e iré a tu encuentro. Sólo hoy». Por aquel entonces acababa de mudarme de casa tras una difícil ruptura y no estaba para tonterías.

El segundo año, lo que hasta ese momento había tomado a guasa lo atribuí a una obsesión: por San Valentín, otra botella de Ballantine's y cuatro rosas rojas. Cuando el mensajero se presentó a primera hora de la mañana en mi apartamento con la caja, no supe si llamar a la policía o a mi psicoanalista. Pregunté al chico por el remitente del regalo, pero me dijo que en el albarán de entrega no figuraba remite.

–Quizá el compañero de recepción tenía prisa y no pudo tomarle los datos –dijo el chico.

–Pues dile a tu «compañero» que a ver si otro día se fija más, que una no está para ir recibiendo sorpresas cada día –le respondí.

El chico se encogió de hombros y me hizo tanto caso como la duquesa de Alba a su estilista.

Había algo en esta historia que me desconcertaba. Bien pensado, no podía tratarse de un psicópata que se hubiera obsesionado conmigo, los psicópatas no tienen la paciencia de esperar un año entero para retomar el asedio de su víctima. Y durante los 365 días que habían pasado entre el primer San Valentín y éste, nada ni nadie se había cruzado en mi camino en forma de acoso; al contrario, lo único que se había instalado en mi vida era la monotonía y la abstinencia sexual, y no por gusto sino por una cuestión de estadística, la de las treintañeras, según la cual a partir de los treinta y dos, si no estás emparejada, debes pelearte con siete mujeres más para conseguir un saldo de almacén gordo, calvo y que vive con su mamá. En mi caso tenía que tratarse de un admirador secreto con grandes dosis de misterio y aún mayores de alcohol en sus venas. Tenía que ser eso. Aquella mañana debía tomar un avión para ir a visitar a unos clientes en Milán, y no pude cumplir con mi parte en esta loca historia. Pasé casi todo el viaje pensando en las consecuencias de mi segundo desplante: ¿y si mi enigmático admirador se cansaba de mí? ¿Y si pensaba que me había molestado con sus envíos y desistía de su intento de seducirme? Por si acaso, antes de salir camino del aeropuerto, sujeté una de las rosas en el tirador de la puerta. Cuando llegué a casa a las tantas casi me da una arritmia al comprobar que junto a la rosa había una nota: «¿Lo intentamos el año que viene?».

Y el año que viene ya ha llegado. Apenas he pegado ojo pensando que a primera hora sonaría el timbre y se presentaría un mensajero con la tradicional caja. El regalito siempre había llegado antes de las nueve. Mi pretendiente debe de conocer bien mis horarios y sabe que a esa hora salgo de casa y que no regreso hasta pasadas las ocho de la tarde.

Las ocho treinta... (me planto ante el espejo para estudiar cómo he de sujetarme una rosa en el pelo sin que parezca Lola Flores), las ocho cuarenta y cinco... (ya lo tengo pensado, ahora sólo falta la rosa)... las ocho cincuenta... (cambio de vestido por enésima vez y dejo en el armario el traje chaqueta de cada día para ponerme una blusa de seda negra y una falda de tubo que dé un poco de vida a mis caderas)... las nueve menos tres... (comienzo a morderme las uñas)... ¡las nueve! (miro por la ventana a ver si aparece la moto de algún mensajero)... las nueve y cinco (llamo al trabajo: «Pepa, mira, es que he tenido un contratiempo y llegaré un pelín tarde»)... nueve y diez (noto las primeras palpitaciones: ¿le habrá pasado algo durante este año?, ¿habrá encontrado otra presa más fácil?, ¿se habrá acabado el Ballantine's en el súper?)... nueve y trece, suena el interfono:

—¡¿Sí?!
—Mensajero.

Sube y llama a la puerta. Le abro y sin darle tiempo a nada le arranco la caja de las manos.

—¿Pero tú qué te has creído? Mira, aquí lo pone muy clarito: «Srta. Clara Hornos. Entregar antes de las nueve». Y son las nueve y cuarto.

—Es que el compañero que organiza el reparto tenía prisa y me había dado mal la dirección —ha respondido.

—Pues dile a tu «compañero» que a ver si otro día se fija más, que una no está todo el día para esperaros.

El pobre se ha encogido de hombros y me ha hecho tanto caso como le haría Nacho Vidal a la duquesa de Alba en una cama redonda.

Nueve y veinte, abro la caja, una botella de Ballantine's, cuatro rosas rojas y la misma nota que en años anteriores. Me arreglo una rosa en el pelo –doy pena, pero más pena da llevar dos años y medio sin probar bocado–, abro la botella de whisky, me meto un trago entre pecho y espalda y salgo pitando.

Ya en la oficina, Pepa me inspecciona de la cabeza a los pies; mejor dicho, de la rosa a los pies. Mirada mía de indiferencia:

–Te he dicho que tuve un contratiempo, no me mires así, he pasado una noche fatal.

–Yo no miro, pero llegas tarde.

Llevo semanas organizándome la agenda para no encontrarme ningún imprevisto en un día como éste. Si mi *psicolover* me da instrucciones tan precisas, quiere decir que me conoce, que sabe de mi rutina. Él me conoce, se supone que yo a él también. Él sabe quién soy yo, yo no sé quién es él.

No voy a negar que a lo largo de estos dos últimos años he ido realizando mi propia criba, descartando a los que estaban y ya no están, eliminando a los que están pero no estaban, incluyendo a alguno que no estaba pero que ahora está y además, muy bueno; sé que en este caso tengo cero posibilidades, pero quizá en un día como hoy, con una rosa en el pelo, despierte su interés. Pues no, no lo despierto, acaba de pasar por mi lado y casi se le cae el café de la risa que le ha dado; es un imbécil, un tío bueno imbécil, uno de esos que corren hoy en día por las oficinas y para los cuales la mayor experiencia sexual en su puesto de trabajo consiste en chupársela al jefe para obtener un ascenso.

También he descartado a los feos, y no es que tenga nada contra ellos, pero lo de la belleza interior no va conmigo; soy como santo Tomás: si no lo veo, no lo creo.

Vale, recapitulemos: me paso el día en el trabajo, cuando salgo voy al gimnasio, después a casa, ceno algo ligero y bajo al bar a fumarme un cigarrillo mientras me tomo algo, por lo general un cortado; mi compañera de piso, aparte de oftalmóloga, es de la liga antitabaco y no soporta el menor olor a nicotina. En definitiva, mi acosador se encuentra en uno de esos tres espacios.

Comencemos por el principio: el trabajo. Cuatro mujeres –bueno, tres mujeres y Pepa– y siete hombres, bueno, seis hombres y el imbécil que se reía de mi rosa; mejor dicho, cinco hombres, el imbécil y Santi, que es gay y no cuenta. Rectifico, dos hombres, el imbécil, el gay y tres feos. Las cosas se van aclarando, dos hombres hombres: Andrés y Lucas; sí, lo sé, juntos tienen nombre de dúo para quinceañeras, pero separados seguro que arrasan en la cama.

Lucas me ha sonreído, mi clítoris también le sonríe. Es él, tiene que ser él, lo sabía, lo sé. Además, es mi tipo: alto, seductor, guapo, sofisticado, no, sofisticado no, sofisticado es Santi, el gay.

Lo tengo a tiro, a cinco metros y veinte centímetros de mi mesa; cinco metros son los que separan su escritorio del mío, los otros veinte centímetros serán los que me convertirán en una mujer feliz.

Se levanta de su mesa con un periódico en la mano y se dirige hacia mí. Tiemblo. Me atuso el pelo dejando bien visible la rosa.

–Clara, tú eras Virgo, ¿verdad?

–Sí, quiero decir, no. Bueno, si te refieres al signo del zodiaco, sí, claro. Perdona, no sé lo que me digo.

–Pues mira lo que pone en tu signo.

Leo atentamente el pequeño texto: «No abra sus puertas a extraños ni las cierre a conocidos. Excelente momento para conocerse a uno mismo. Evite las comidas copiosas y los excesos con los dulces».

–¡Ah!, muy interesante. –¿A qué viene esto?

–No, mujer, lee más abajo.

En el margen inferior de la página hay un *post-it* al que no había prestado atención: «Hoy estás espléndida, y veo que has cumplido tu parte del trato. Te he estado esperando durante mucho tiempo. Dentro de un minuto nos vemos en el cuarto del material de oficina». Joder, no puedo creérmelo.

Lucas se me avanza y pasados unos segundos le sigo mientras me desabrocho el primer botón de la blusa para mostrar mejor mis armas.

Al entrar en el cuarto, Lucas, que se había escondido detrás de la puerta, se me acerca por la espalda y se aferra a mi cuerpo como un borracho a una farola.

Con una mano comienza a sobarme los muslos y con la otra acaba de desabrocharme la blusa. Su lengua recorre mi cuello y su paquete hace lo mismo con mi culo. Me siento un poco rara, todo me viene de sopetón, pero él... Él sabe bien lo que se hace, en un segundo me ha bajado la cremallera de la falda e introduce su mano por delante para acariciar mi sexo. Me está poniendo muy caliente, y mi cuerpo reacciona con pequeños espasmos cada vez que sus dedos rozan mi clítoris. Oigo un pequeño gemido de satisfacción cuando comprueba que estoy mojada. Me tiene a su merced, y cuando por fin me dispongo a tomar la iniciativa, me agarra aún con más fuerzas para demostrarme quién manda allí. Sus dedos están penetrando cada vez más y, después de cada acometida, los saca para barnizar mi cuerpo con el néctar de mi deseo. Necesito hacer algo, no quiero correrme sin antes haber podido demostrarle de lo que soy capaz. Pero él no me deja, sus dedos marcan el compás y me siento como una marioneta, o, para ser más exactos, como un títere de guante.

Es extraño, por una parte me está poniendo muchísimo, pero por la otra no dejo de pensar en lo rápido que está yendo todo. No es que ahora le quiera cortar el rollo para pedirle cuentas por el tema de las rosas y el Ballantine's, pero quizá una pequeña explicación... Ni caso, tendremos que dejar las explicaciones para después. Disfrutemos de lo que hay, que ya habrá tiempo para declaraciones de amor y palabras bonitas.

Por fin Lucas desiste de tenerme presa por la espalda y ahora me toma de la mano para guiarme hasta un rincón donde hay un viejo sofá que antes se encontraba en el vestíbulo. Se sienta y con un gesto me pide que lo monte. Dichosa falda de tubo, ya puede ser muy mona y marcar el contorno de mis muslos y caderas, pero para otro día mejor me pongo una minifalda y acabamos antes. Cuando por fin logro desentubarme, el hermano pequeño de Lucas me aguarda impaciente. Me siento encima de él y noto cómo sus veinte centímetros van abriéndose paso hasta el fondo. Me agarra las nalgas con fuerza y me aprieta contra él como una naranja en un exprimidor; mi zumo fluye por toda su polla y después se desliza por mi entrepierna. Mi cuerpo está hinchándose como un bollito relleno de crema, y mis pechos no aguantan más dentro del sujetador. Hace rato que los pezones claman libertad, necesitados de una lengua que los recorra y unos labios que los absorban, así que decido quitármelo. Cuando Lucas advierte mis intenciones, me aparta los brazos e intenta arrancármelo con los dientes. No puede. Sí puedes, cabrón, inténtalo de nuevo. No puede. Me lo saco yo, no vaya a ser que acabe con un cabrón sin dientes. La temperatura está subiendo por momentos, y si no fuese porque aún no han saltado las alarmas, diría que estamos follando en el Windsor la noche en que se pegó fuego. Las gotas de sudor recorren todo mi cuerpo dándole un brillo especial, pero las que me caen de las sienes hacen que aquello parezca una peli porno de bajo presupuesto, por lo que me paso el antebrazo para secarlas. Sin querer destrozo la rosa que llevaba en el pelo. Adiós al romanticismo, en este pequeño almacén no hay lugar para él: nosotros dos y el frenesí lo ocupamos todo.

Oigo la puerta, alguien entra, Lucas no se inmuta, todos sus sentidos están pendientes de mí. Es Andrés. ¿Andrés? Lucas sigue disfrutando de mi cuerpo y, aunque estoy segura de que ha notado la presencia de Andrés, le hace el mismo caso que la duquesa de Alba al sindicato de jornaleros. Tampoco Andrés se inmuta, como si cada mañana se encontrase a dos compañeros del trabajo follando en el almacén. La única que parece sentir cierto pudor, por no decir vergüenza, soy yo. Andrés se quita la corbata y me agarra del pelo, vuelve mi cabeza y comienza a lamerme la nuca.

¡Lucas!, despierta, este tío me está metiendo mano delante de ti. Pero Lucas tan sólo mira a Andrés y sonríe. Andrés saca de un bolsillo un botellín de Ballantine's, de esos que regalan de promoción. Lo abre y lo vacía sobre mi cuerpo; ambos lamen el whisky que se desparrama por mis pechos.

Dios mío, no era un amante secreto, eran dos. Los tíos más buenos de la empresa para mí sola. Y pensar que ya había perdido dos oportunidades en años anteriores de probar semejante bocado. Seguro que se habían enamorado locamente de mí. Mejor, lo comido por lo servido; después de tanto tiempo sin echar un polvo, ahora no voy a hacer ascos a dos a la vez.

Sin dejar que me vuelva, Andrés me levanta a pulso y me pone de pie, las piernas me tiemblan y casi no me aguanto. La polla de Lucas ha quedado a la intemperie, toda ella resplandeciente y deseosa de un segundo asalto. Andrés me obliga a que separe las piernas con unas pataditas en los tobillos, y mientras con una mano me aguanta por la cadera, con la otra dobla mi cuerpo para acercarme a Lucas. De esta manera mis nalgas quedan bien firmes y mi deliciosa rajita se muestra en todo su esplendor para una follada por detrás. Mientras, Lucas no pierde el tiempo y agarrándome por la nuca me ofrece su polla para que la pruebe. No doy abasto, ni en mis mejores sueños me podría haber imaginado un San Valentín como éste. ¡Viva San Valentín! ¡Viva San Ballantine's! ¡Viva San Andrés! ¡Y viva la polla de San Lucas!

A estas alturas estoy más excitada que una perra en celo. Andrés advierte mi nuevo estado animal y mientras cala su miembro hasta mis entrañas comienza a introducirme lentamente el pulgar por el culo. No, por ahí no, pienso cual numeraria del Opus Dei. Pero la telepatía no es lo nuestro, y a Andrés le ha faltado tiempo para sacarla de un agujero y meterla en el otro. Menuda polla, me está agrietando, no sé si lo que noto es dolor o placer. A las tres embestidas desaparecen las dudas: soy una perra llena de placer. A cada nuevo asalto, mis nalgas reaccionan instintivamente poniéndose aún más duras. Andrés lo advierte y comienza a darme cachetes en el culo como un cowboy espoleando una yegua. He pasado de perra a jaca, pero da igual, ahora sólo aspiro a un nuevo tránsito que me lleve esta vez a cerda, ¿no dicen que los orgasmos de los cerdos pueden llegar a durar hasta media hora? No sé si mi cuerpo sería capaz de resistir un orgasmo de media hora con este par de brutos bombeando sin parar, pero la follada sí lleva camino de conseguirlo.

Lucas tampoco se corta, ya se ha dado cuenta de cómo las gastan por detrás y no quiere quedarse rezagado. Mientras con la mano izquierda se sujeta la polla, con la derecha me agarra por el pelo e impone a mi boca un ritmo endiablado. Le estoy dejando la polla perdida de carmín, y parece que eso le pone, o al menos eso nota mi campanilla, pequeña ella para tan gran badajo.

Es como si los muy cabrones lo tuvieran ensayado. Se coordinan de puta madre, y mientras Andrés la clava por detrás Lucas gime de placer cada vez que su polla se adentra en mi boca. Estos dos sí que saben hacer sentir a una mujer como una verdadera cerda, una cerda de las de los treinta minutos.

Parece que estoy a punto de correrme. Más que jadeos voy a empezar a emitir gruñidos, ya queda poco para que sea una cerda en toda regla.

–Ggrrrrrr.
–Clara, bonita, ¿a qué vienen esos ruiditos?, se te oye desde la otra punta de la oficina.
–¡Pepa!
–Sí, Pepa, ¿quién quieres que sea? Anda, guapa, a ver si espabilas, que llevas media hora con la mirada perdida y la cabeza quién sabe dónde.
–Esto... perdona, creo que me he quedado un poco traspuesta, ya te dije que había pasado mala noche y creo que se me tomó la garganta.
Joder, sabía yo que esto era demasiado bueno para ser verdad. Anda, Clara, prepárate un café que el día será largo.
–Oye, Pepa, ¿no habrás visto por ahí a Lucas y Andrés?
–¿Andy y Lucas? Se fueron hace cinco minutos, a las doce tomaban el AVE para la reunión en Sevilla.
–Pero ¿qué reunión? No sé de qué me hablas.
–Mujer, aquella a la que tenías que asistir tú y que intentaste anular aduciendo que hoy no podías viajar por nada del mundo. Carlos decidió mantenerla y que fuesen Andrés y Lucas en tu lugar, pero no te preocupes, el lunes los tendrás a los dos para ti solita.
El lunes será demasiado tarde, tenía que ser hoy. Eso quiere decir que ellos no son, y si no son ellos, no tiene que ser ningún otro cafre de esta oficina, o al menos eso espero. Por si acaso, lanzo la rosa a la papelera para no generar expectativas.
Las horas pasan lentamente y no encuentro el momento de salir de esta jaula para correr hacia el gimnasio.
Seis y media, ya no aguanto más y cierro el ordenador.

–Adiós, Pepa, buen fin de semana.
–Bueno, guapa, a ver si el lunes vienes con otra cara y más despierta, que te has pasado el día mirando las musarañas. Ah, y cuídate el cuello, no vayas a tener que pasarte todo el fin de semana en cama.
–El lunes vendré con otra cara, Pepa, que no te quepa ninguna duda.
Y sí, el fin de semana lo voy a pasar en cama, pero follando.
Y mi follador seguro que está esperándome en el gimnasio, uno de los pocos lugares adonde los hombres siguen yendo para conseguir un cuerpo digno de una mujer o a una mujer digna de su cuerpo.

A pesar de que normalmente sólo vengo para dejarme ver por si cae algo, parece que las sesiones de *step* han dado sus frutos, acabo de batir el récord mundial de los cinco mil metros lisos con falda de tubo entre la oficina y el gimnasio. Ya me gustaría a mí ver a uno de esos africanos que siempre ganan en las Olimpiadas correr una distancia así con una falda como ésta.
Ya estoy cambiada y con la rosa en el pelo. Todo el mundo me mira. ¿Qué pasa, nunca habéis visto a nadie que haga ejercicio con una rosa? ¿No hace la vaca ésa bicicleta estática con un maillot de fulana?, pues yo hago *step* con una rosa en el pelo, ¿pasa algo?
En el gimnasio realizo la misma criba que en la oficina. Elimino a feos, a gays y, esta vez también, a los que llevan botellines de bebidas isotónicas; a mi admirador le gusta el whisky, no esos brebajes de colores.
Hoy la cosa está tranquila, los viernes no suele haber mucho movimiento. Clara, no te pongas nerviosa, sigue tu rutina: *step,* cinta, máquina de glúteos y, cada dos por tres, al surtidor

111

de agua para que te vea todo el mundo. Él está por llegar. Tras diez series de *step*, cuatro kilómetros en la cinta y seis series en la máquina de los glúteos, mi cuerpo dice basta y caigo rendida en la máquina del culo.

–Bonita rosa. Con la paliza que te estás pegando y sigue ahí, sin marchitarse.

Levanto la cabeza y me encuentro a un tío con una camiseta de tirantes, los hombros llenos de pelos y una cara de pazguato que ya tengo vista.

–¿Perdona? –le digo como si el comentario no fuese conmigo.

–No, que la rosa esa te queda muy bien, y que...

–Ya, ya. ¿Y por qué no te vas a decirle lo guapa que está a la gorda aquella con el maillot de fulana y mechas a lo Tita Cervera? Verás, es que estoy esperando a alguien y tengo un poco de prisa, si me disculpas.

Por si acaso no ha entendido bien mi mirada furibunda, bajo la cabeza, cierro los ojos e inicio una serie más de glúteos. Quizá me he pasado un poco, pero no quiero que llegue mi pretendiente y se piense que estoy pelando la pava con el primero que aparece.

Cuando me faltan dos repeticiones para acabar la serie, mi cuerpo se rinde de nuevo y quedo desparramada sobre el potro de tortura.

–¿Estás bien? Parece que te has pasado un poquito.

–Que te he dicho que te vayas con la... –Antes de que acabe la frase abro los ojos y... ¿Pablo?

Sí, es Pablo, el monitor de las tardes, ¡y lleva una camiseta de Ballantine's!, toda una señal. Pero ¿este tío no era gay? En el vestuario, todas las chicas andan loquitas por él; aun así, aseguran que es gay y que no hay nada que hacer. Sí, bueno, pero no tiene ramalazo y yo nunca lo he visto con otro tío, así que ¿por qué se emperran en que lo sea?

112

–Uy, perdona, es que había un moscón por aquí y...
–Deja, deja, ya me imagino que las chicas como tú estaréis todo el día con el Raid a mano. No te preocupes, sólo quería saber si todo marchaba bien. Como normalmente te veo más paseando que en las máquinas...
–Ahhhh... Es queeee, ¿sabes?, he echado un poco de tripa y tengo que ponerle remedio.
–¿Qué tripa?, si estás fantástica.
Es él, no hay duda, lleva una camiseta de Ballantine's y está buenísimo, y además no es gay.
–¿Y qué crees que me haría falta para estar superfantástica? –No respondas, tu cuerpo.
–Quizá reforzar un poco los deltoides, cuando llegue el verano me lo agradecerás.
Te lo voy a agradecer esta noche, guapo, pienso para mis adentros.
–Sígueme, vamos a la máquina.
Me siento en la máquina de los deltoides –¿qué serán los deltoides?– y Pablo me sujeta por la espalda cruzando sus brazos sobre mis hombros y poniendo sus manos sobre las mías.
Este tío es pura fibra, qué manos, qué voz aterciopelada. Es él, tiene que ser él. Sólo me falta comprobar una cosa. Me pellizco disimuladamente para verificar que esta vez no se trata de un sueño: si su músculo principal va a acabar dentro de mí, prefiero que esta vez sea de verdad.
Comienzo la serie de deltoides y cada vez que estiro los brazos noto su polla restregándose contra mi espalda. Menudo paquete, ni Fran Rivera. A cada extensión de brazos ralentizo la cadencia para que su estoque recorra mejor todo mi dorso. Me siento como un Mihura a punto de que le entren a matar; ya volvemos con los animales, lo mío es de psicoanalista argentino, pero es que en mi vida me habían dado un masaje tan sensual.

—Venga, Fran, una serie más —digo sumida en el éxtasis.
—¿Fran?, querrás decir Pablo.

Pablo, Fran, Manolete, a mí qué me importa, yo sólo quiero tu rabo y que me saques a hombros por la puerta grande.

—Pablo, y... para el pecho, ¿qué podría hacer?
—Nada, los tuyos son perfectos.

Lo son, lo sé, sólo quería que me lo dijese. Y lo mejor de todo, cuando lo hacía, me miraba a los ojos: eso significa que ya se había fijado antes, desde hace como mínimo dos san Valentines.

—Entonces, para los brazos —insisto en busca de nuevas posiciones.

—Cogeremos un par de mancuernas de dos kilos.

¿Man... qué? Reconozco que el lenguaje taurino no lo acabo de dominar. Antes de que abra la boca y quede como una estúpida, Pablo me acerca un par de pequeñas pesas. Se acopla detrás de mí y acompaña el movimiento de mis brazos de abajo arriba hasta completar un ángulo de noventa grados con respecto al cuerpo.

Si hace unos instantes ya estaba empapada con el masaje de espalda, ahora, al notar su paquete a la altura de mi culo, estoy chorreando lujuria.

Como no quiero que piense que soy una estrecha, aprieto bien las nalgas y pongo el culito en pompa para así ofrecerle mi masaje particular. Sus brazos, fuertes y con los músculos perfectamente marcados, se aferran a mis muñecas para ayudarme con el peso de las mancuernas. Mi culo también intenta aferrarse a su cuerpo para ayudarle con el peso de su deseo.

Nunca había quemado tantas calorías en una sola sesión de gimnasio, mi cuerpo ya no puede más y tampoco quiero hacer ningún exceso, no sea que cuando llegue lo bueno me encuentre para el arrastre. Basta de preliminares: o salimos rápido de aquí o acabaremos follando como locos encima del banco de pesas.

–Pablo, estoy muerta, casi mejor que vayamos acabando, ¿no? Me pego una ducha rápida y nos vemos fuera, ¿vale?

–Vale, perfecto, yo también tendría que irme.

Pues claro, cielo, no ibas a dejar que me fuese sola, ésta es nuestra noche.

Ducha fugaz, nada de estarme media hora, como siempre, paseándome por el vestuario para que todas vean lo buena que estoy y poniéndome mil cremas para que las bolleras de turno salgan corriendo hacia la ducha a descargar su libido.

Me dirijo como un tsunami hacia la recepción y ahí está él, con una rosa en la mano y a... ¡¿Santi?! cogido de la otra.

–¿Santi? ¿Pero tú qué haces aquí? No sabía que venías a este gimnasio.

–Sólo he pasado a recoger a Pablo, y veo que ya os conocéis. Estamos saliendo desde hace unas semanas y, claro, hoy es San Valentín y hemos quedado para ir a cenar.

¡Será maricona! Me ha engañado como a una idiota. Me he engañado como una idiota. Soy una idiota.

–Si quieres, vente a tomar algo antes de ir a cenar. Te sentará bien: te noto extraña, ya en la oficina te observé algo ausente –dice Santi.

–Estooo..., me encantaría, pero he quedado. Ya sabes, San Valentín, y una tiene que cumplir con su chico –le respondo muy seria, a ver si cuela.

–Vaya, no tenía ni idea de que estuvieras saliendo con alguien –vuelve a la carga.

Sí, a ti te lo iba a decir, precioso, para que intentases birlármelo. Además, aún no sé quién es, pero esta noche lo sabré, la semana que viene ya te morirás de envidia.

115

El tiempo se agota y mi paciencia también. Paso un momento por casa para dejar la bolsa del gimnasio y decirle a Iris que hoy no me espere para cenar.

—¿Adónde vas tan rápida? —inquiere Iris con un tono entre malicioso y pedorro—. ¿Has encontrado ya a tu admirador secreto?

—No sé por qué te cuento nada... Y para que lo sepas, he quedado con él en el bar de abajo.

—¿En el fritangas? —pregunta, esta vez con cara de asco—. Pues vaya novio más cutre que te has echado.

—No he dicho que vayamos a *cenar* ahí, sólo que hemos *quedado* ahí. «Quedar», bonita, sabrás tú lo que significa esa palabra, si los únicos hombres que te hacen un poco de caso son tus pacientes afectados de cataratas y en cuanto se las curas y te ven, piensan que la operación ha sido un fiasco y que siguen viendo las cosas deformadas.

Vuelo hacia mi habitación y dejo a Iris con el insulto en la boca. No me queda mucho tiempo, ya parezco Cenicienta, y como ella me voy a arreglar para ir al encuentro con mi príncipe; yo también tengo mi hada madrina, se llama Miuccia Prada y es italiana.

Mejor olvidarse de la ropa interior, decidido, con mi Prada negro de tiras finas y superescotado tengo suficiente. Bueno, mi Prada y mis botas megaestilizadas de Marc Jacobs. Parezco un putón, pero un putón de lujo.

—¿Y la rosa? —me recuerda con un tonillo bastante borde Iris cuando nos cruzamos en el salón.

Dónde tendré la cabeza, sólo faltaría que todo se fuese al garete por ese detalle. Estoy de rosas hasta el moño, ¡pero si yo lo único que quiero es encontrar al hombre de mi vida! Vuelvo a la habitación y recojo las dos rosas que quedan. Una me la coloco en el pelo, la otra se la lanzo a Iris mientras salgo por la puerta.

–Toma, reina, para que tus pacientes puedan ver algo bonito cuando recuperen la vista –le digo rezumando mala leche.

Cuando entro en el bar se hace un silencio sepulcral sólo interrumpido por algún *redióspedazotía* proveniente de las mesas del fondo. En resumen, una entrada espectacular.

Me siento en el extremo de la barra, a la vista de todo el mundo; es mi última oportunidad y tengo que aprovecharla.

–Qué, ¿sigues con la rosa?, ¿no estabas esperando a alguien? –me dice el dueño, un chaval joven y feíllo de unos treinta y pocos.

¡Ostia!, el *frikie* del gimnasio. Ya decía yo que me sonaba su cara. Paso de seguirle la corriente, asiento con la cabeza y le pido que me sirva una tónica. No voy a perder el tiempo con el tapón este, cada vez falta menos para las doce y no quiero tener que dejar una de mis preciosas botas en el bar para que después mi príncipe se vuelva loco buscando el pie que le corresponda. Si Cenicienta era una frígida pringada, yo no tengo por qué serlo.

Ahora ya no estoy para descartar a los feos y a los gays, y con ello no quiero decir que me conforme con cualquier cosa, pero prefiero divertirme a su costa. Aunque no me considere una provocadora de esas que van enseñando el tanga y que llevan camisetas de dos tallas menos, de vez en cuando, y en lugares como éste, me encanta poner calientes a los pobres infelices que llevan escrito «quiero follarte» en la frente.

Ahí hay uno de los que me dan pena, de los que parecen buena gente y que se conforman con mirar, sin que se les pase por la cabeza ni en sueños ponerte una mano encima. Con éstos me gusta ser tierna, enseñarles más de lo que mostraría a cualquier otro; son como ositos castrados y no quiero romperles el corazón, sólo despertarles el peluche que tienen entre las piernas. A éste le voy a alegrar la noche descruzando las piernas y mostrándole lo más íntimo de mí. Pero lo haré con cuidado, no vaya a pensarse que soy una fulana y me pida un servicio. Lo mejor es fingir que tienes algún problema con la cremallera de la bota y abrir las piernas de tal manera que piense que el delicioso coño que está viendo se debe más a un descuido que a una provocación. Vamos a dejarle unos segundos, los suficientes para que... pero ¿adónde va?, ¿se levanta de la mesa? Ah, eso es otra cosa, se va a paso ligero hacia el lavabo. Ya lo decía yo, son todo ternura.

Cuando estoy a punto de desquiciarme veo que entra por la puerta un magnífico ejemplar de lo que es un hombre de verdad: bien dotado, con porte, atractivo y ¡con un gran ramo de rosas!

Todas las miradas que hasta ese momento se clavaban en mi cuerpo se dirigen hacia el enigmático personaje y tras unos segundos de silencio se inician los cuchicheos por las mesas con los típicos *ande-va-esa-marica-con-un-ramo-de-rosas*, tan propios de los australopithecus de este país.

Parece que le conocen, y a mí también me suena de algo, pero no lo puedo ubicar. Llamo la atención del dueño y le pregunto por el hombre de las rosas.

–Ah, es que aquí somos muy nuestros y tenemos reservado el derecho de admisión para los paquistaníes que venden rosas, así que éste aprovecha para hacer el agosto.

Le miro sin entender nada.

–No, mujer, es una broma. Es Yago, mi hermano. Seguro que lo tienes visto de aquí. Trabajaba conmigo ocupándose de las mesas del comedor hasta que hace unos meses se fue a la costa para sacarse el título de monitor de vela. Parece ser que hoy tenía algo pendiente aquí y ha venido para resolverlo.

¿Su hermano? Pero si se parecen como la duquesa de Alba a Jacqueline Kennedy.

–Ha quedado con una chica, ¿verdad? –pregunto sabiendo de antemano la respuesta.

–Sí, se ve que quiere darle una sorpresa. Y tú también esperas a alguien, ¿o me equivoco? –me suelta en plan interesante y como queriéndome dar conversación.

Que sí, hombre, que sí, pesado el tío este, que ya me lo ha preguntado veinte veces. Dejo al feo con la palabra en la boca y sigo a mi presa hasta el fondo del local. Mientras enfilo el pasillo voy dándole vueltas al asunto: se llama Yago y tan sólo es un monitor de vela. Vamos mal, muy mal. Por otra parte, el chico está de muerte y yo esta noche no me voy a la cama sin llevarme nada a la boca.

Al final del pasillo se encuentra el lavabo, a mano derecha, para no romper la tradición. En el descansillo que separa el lavabo de las mujeres del de los hombres hay una pequeña mesa donde Yago deja las rosas con cuidado. Es entonces cuando lo ataco.

–Eh, hola, ¿no me has visto? –le digo mientras le doy un golpecito en el hombro.

–Uy, perdona –me dice entrecortado.

–Y esas rosas tan bonitas, ¿para quién son? –pregunto haciéndome la tonta.

–Para una chica muy especial. ¿Y esa rosa que llevas en el pelo? –responde a la vez que me guiña un ojo.

–Para un chico no menos especial, aunque un poco malillo. –Toma ya, para que la próxima vez no me hagas esperar todo el día como a una boba.

–Me perdonarás un momento pero tengo que ir al lavabo, mientras venía para aquí tuve un problema con el coche y mira cómo llevo las manos –me dice mientras me las enseña.

OK, pienso, ha llegado tarde, pero tenía una buena excusa.

–Bueno, yo también voy al de señoras para darme unos retoques, ahora salgo –le digo en plan castigadora. ¿No me has hecho esperar?, pues ahora tú también tendrás que esperar lo tuyo.

119

Cuando estamos a punto de entrar en nuestro respectivos aseos sale del de caballeros mi tierno osito con una sonrisa de oreja a oreja. ¡Mira!, al menos uno al que ya he hecho feliz esta noche.

Entro en el lavabo y dejo el pestillo sin pasar, no sea que mi pobre marinero no se pueda resistir y quiera entrar a levantar el mástil. Soy mala, pero no tanto.

Con las prisas, he salido de casa sin el bolsito de maquillaje, así que tendré que hacer un poco de tiempo. Para empezar, la rosa al retrete. Ya está bien de tanta rosa y tanto niño muerto. Él ya me ha visto con el señuelo y eso es lo que importa, no quiero parecer una cursi, sino una mujer con clase y exultante. Me arreglo bien el pelo y compruebo que el vestido quede bien ajustado a mi cuerpo para que Yago no advierta que voy sin nada debajo; después me lo agradecerá, pero por ahora mejor que no se dé cuenta. Cojo un trozo de papel de váter e intento sacarle el máximo brillo a las botas. Sé que a la mayoría de los hombres les encantan las botas de cuero, y éstas, con lo que me costaron, ya pueden hacer bien su trabajo. Aún recuerdo el primer día que me las puse. Las había comprado para la despedida de soltera de una amiga. Todas nos habíamos vestido de forma muy provocativa porque nos juramos que aquélla iba a ser una noche de desfase. Habíamos conseguido que los padres de la novia nos dejasen su chalet en la sierra y, para después de la cena, Iris se había encargado de contratar a un *stripper* para darle una sorpresa a Sonia. Pero la sorpresa me la llevé yo, porque nunca había visto a un tío tan bien dotado como aquél. Al principio, me pareció un poco cutre que se hubiese disfrazado de torero, pero cuando comenzó a quitarse la ropa y comprobé que el tamaño de su polla no tenía nada que envidiarle al estoque que blandía, casi me desmayo. La pobre Sonia no sabía dónde meterse, sobre todo cuando el *boy* la sentó en una butaca y comenzó a restregarse contra ella. Pero toda su timidez desapareció en cuanto el torero le puso la polla a la altura de sus ojos. A Sonia se le cambió la cara en un instante, y le faltó tiempo para agarrársela y juguetear con ella como un niño con una *Game Boy*. Nos quedamos alucinadas con la mosquita muerta de Sonia, y más aún cuando al intentar aprovecharnos nosotras también de aquel cuerpazo, ella nos apartaba las manos para darnos a entender que aquélla era su partida. Yo había bebido un poquito y la escenita me estaba humedeciendo el tanga, así que aprovechando el alboroto me dirigí al cuarto de baño para desfogarme un poco. Por el camino agarré un consolador negro que le habíamos regalado a Sonia. Una vez en el lavabo, me deshice rápido del tanga y casi sin pensármelo comencé a meterme poco a poco cada uno de los veinticinco centímetros de aquella maravilla negra. En cuanto me sentí completamente lubricada, apoyé mi espalda contra la pared y arqueé las piernas para no entorpecer el vaivén de mi mano. Oía de fondo los gritos histéricos de mis amigas, lo cual no hacía sino encenderme aún más, pensando que era yo y no Sonia la que estaba gozando de la corrida que estaba lidiando el torero. Comencé a notar un reguero de flujo viscoso que recorría mis piernas hasta perderse en mis botas negras de cuero. Mis muslos brillaban cubiertos por aquel torrente de placer y me moría de ganas de que aquel *boy* entrase en el lavabo para lamérmelas y devolver cada una de las gotas de pasión al lugar de donde habían salido. Acabé corriéndome como una loca y dando espaldarazos contra la pared, pero nadie se dio cuenta: todas estaban jaleando a Sonia mientras ésta se introducía como un faquir el sable del torero hasta la garganta. Ella, que el fin de semana siguiente iba a dirigirse con su sonrisa de niña buena al altar.

Y ahora estoy aquí, de nuevo en un lavabo, con mis botas de cuero negras y tan caliente como aquel día. Pero esta vez no va a ser un trozo de plástico el que me haga feliz, sino un hombre romántico y juguetón.

En estos momentos me estará esperando en la barra, seguro que es un caballero de los que ya no quedan y ha pensado que no merezco un primer encuentro sexual en un baño público. Cuando salgo del baño, me topo otra vez con el osito, que parece que no ha tenido suficiente con el primero y entra de nuevo para un segundo encuentro con su peluche. Qué enternecedor, me recuerda a mí misma en la noche de la despedida. Me gustaría animarle y decirle que algún día él también tendrá un San Valentín como el mío.

Llego a la barra sin prisas, para que Yago no me tome por una necesitada, pero no hay ni rastro de él.

–Oye...

–Paco.

–Sí, esto, Paco, ¿dónde se ha metido tu hermano? –le digo con la mosca detrás de la oreja.

–Te dije que había quedado con una chica para darle una sorpresa, y acaba de salir por la puerta –me contesta con la mejor de sus sonrisas.

Te puedes meter esa sonrisa por el culo, pienso mientras se me comienza a desencajar el rostro.

Joder, no puede ser, era mi última oportunidad y la última de las cuatro rosas. Aunque ahora apareciese mi admirador, no tendría el señuelo para responder a su juego.

Caigo abatida sobre la barra y trato de repasar toda la jornada para saber dónde me he equivocado.

–¿Te pongo algo más? –me ofrece Paco solícito.

–Qué más da, ya no hay nada que hacer. Anda, ponme un pelotazo –respondo extenuada.

–¿De Ballantine's o de Four Roses?

Barcelona, agosto de 2006

Siempre tuve palabras
Carlos Marzal

Desperté de la anestesia, en el día de San Valentín, con una malsana placidez. Sí: placidez, pero malsana. La anestesia es una experiencia bastante común, de manera que muchos sabrán a qué sensaciones me refiero. Sin embargo, ni los pacientes ni los médicos suelen preguntarse sobre las repercusiones espirituales de los limbos anestésicos. Yo me interrogo acerca de cada asunto que me incumbe, sobre cada problema que me toca sufrir, y lo hago –aspiro a hacerlo– con las palabras adecuadas. Me gusta la precisión. Admiro la taracea verbal de una palabra bien traída, y engastada después en el discurso como un pedazo de ámbar puro. Las palabras son eso al fin y al cabo: una resina en donde quedan retenidas nuestras experiencias comunes y privadas, un fósil, amarillo de tiempo, en donde late viva una manera de sentir el mundo. Ámbar de las palabras. Eso es lo que creo, sin necesidad de ser filósofo, ni lingüista: somos palabras. Con ellas lo traducimos todo. Por ellas matamos. Por ellas sentimos euforia y tristeza. A ellas les rezamos cuando creemos estar rezando a nuestros dioses, que son otra manifestación más de la palabra nuestra. Yo siempre tuve palabras para todo.

Me restituyeron a mi yo en la sala del despertar. Qué nombre tan bonito. Debería haber una sala así en cada casa, en cada escuela, en cada oficina. Una sala especial dedicada a la tarea de despertar de nuevo, como si se regresara de un mal viaje, de un sueño de anestesia, de una travesía azarosa. Recuerde el alma dormida: sí, despierte y recuerde. Recuerde quién era y sépase despierto, otra vez, al mundo que no duerme, que no descansa ni espera, al incesante mundo del que algunas veces nos aleja el mundo mismo.

La sala era una habitación contigua a los quirófanos, una estancia luminosa de techos enormes, con las paredes alicatadas hasta media altura en color blanco, ese blanco de la asepsia clínica que siempre me ha sugerido el énfasis de la locura, el blanco rojo en donde espejea el dolor, el blanco al fuego vivo en donde arden las esperanzas de los enfermos y de sus familiares, el blanco negro del luto cotidiano, el blanco azul de la vida que aguarda más allá de las paredes blancas de los hospitales. Porque el color, igual que las palabras, supone un estado de conciencia, una manifestación sensorial de la alegría, del sufrimiento, del miedo, de la felicidad. Todo eso rezuman los colores, cuando los nombro en las palabras.

A mi alrededor había diez o doce camas vacías. Percibí que era el único paciente de la sala, antes incluso de ver los rostros de mi novia y de mi cirujano hepático, Luis Savater, un viejo amigo de la infancia con las manos mágicas de una costurera china. Los tenía a mi lado, con cara de circunstancias, plantados como pasmarotes junto al gotero con bomba eléctrica de perfusión, y sin embargo creo que fui consciente, en primer lugar, de los detalles del cuarto. La conciencia y sus sentidos tienen un extraño proceder: pasan por encima de lo evidente y se detienen en lo recóndito; obvian lo que permanece en primer plano y se regodean en lo que vive en la periferia de la atención. Mi novia tenía cara de asustada, ese gesto de sufrimiento íntimo que acaban por desarrollar quienes rodean a los enfermos, y que está amasado con noches en vela, con pensamientos en vilo, con presagios y temores. Las circunstancias de la cara de Luis eran distintas: un cirujano harto de hurgar en el abdomen de la gente y remover sus vísceras no se asusta con facilidad, y menos por un asunto de su incumbencia médica. Su expresión era de disgusto y pesadumbre.

Las caras de los acompañantes, de las visitas, de los cirujanos y enfermeras, las caras de las limpiadoras y los celadores, las caras de los camilleros y auxiliares, las caras del cura del hospital, las caras de tu posible vecino de habitación constituyen un asunto de extrema importancia para la salud de un convaleciente. No son el espejo del alma, como indica el aforismo. Son el espejo del cuerpo: del cuerpo del enfermo. De mi cuerpo. Todos están –todos parecen estar– en el secreto de tu verdadero diagnóstico, todos parecen haber leído tu historia clínica, todos aparentan haber mantenido una conversación sin rodeos con el médico que te atiende. En las caras ajenas he leído siempre entre arrugas, entre muecas de contrariedad, entre parpadeos nerviosos, entre rictus de compasión y entusiasmo. (Yo era un experto en enfermedades propias y ajenas. Mucho tiempo atrás había padecido una leucosis linfoblástica aguda –LLA: qué mórbida belleza enrarecida la de las palabras justas– y había estado durante dos años y medio en tratamiento con citostáticos.) Debería estar prohibida la entrada en los hospitales de todo aquel que no supiera contener sus gestos, de todo aquel que no fuese un artista del disimulo. Deberían permanecer lejos de los convalecientes los pusilánimes, los asustadizos, los alarmados. Fuera los de la sombra oscura. Fuera los de la sonrisa desencajada. Fuera los agoreros mudos. Fuera los jactanciosos de su suerte. Fuera los nuevos ricos de su buena salud advenediza. Fuera y lejos.

Luis todavía llevaba el pijama verde de escote triangular, con su gorro de la suerte calado hasta las cejas. Hizo un mohín de disculpa y me dijo con cierto pesar que no me había podido intervenir por laparoscopia. Al parecer, mi vesícula estaba retraída por debajo del hígado, toda la zona se hallaba inflamada y no había modo de ver lo que necesitaba cortar. De manera –lo dijo así– que había tenido que abrirme.

Entonces fue cuando sentí la herida, con sus diferentes dimensiones. Cuando caí en la cuenta de la tirantez extrema que me dividía el vientre. La herida estaba dentro de mí, pero también sobre el cuerpo y alrededor de él. Las heridas quirúrgicas son polimorfas. No me dolía, o al menos no me dolía a la manera clásica en que el dolor se hace presente. Me dolía a la clásica manera en que se hace presente el dolor cuando lo tamizan los analgésicos. Era, qué duda cabe, el dolor –mi viejo conocido–, que llamaba a la puerta, pero la química le había cerrado el paso. Volvería a llamar, volvería a decirme estoy aquí de nuevo, y seguro que no habría analgesia que le cerrase la puerta para siempre.

Luis pertenece al género de quienes practican la variedad pedagógica de la medicina: quiere que el paciente aprenda sobre su enfermedad, que disponga con detalle de alguna información. Yo soy partidario del conocimiento benéfico, o de su exacta forma inversa: la ignorancia benigna. Como creo en el poder curativo del lenguaje, sé que las palabras de esperanza y aliento ayudan a nuestra mejoría en cuanto las escuchamos. Como sé que ciertas palabras, una vez pronunciadas, obran en nosotros como un veneno. Las palabras son un bálsamo y un tósigo. Las palabras son los labios de un ángel de la guarda y el belfo purulento de una bestia moribunda. Las palabras. Mi perfume. Mi lepra.

Con su cara aniñada de sabio íntegro, me informó de que mi colecistitis había infectado casi todos los alrededores de la vesícula. Según parece, había tenido que emplearse a fondo en la limpieza de los conductos biliares, y ahora debíamos esperar al análisis del anatomopatólogo, para saber si no había ninguna célula maligna. Y entonces sacó del bolsillo del pantalón un frasco de plástico opaco, con la tapa de color verde, lo agitó en el aire como si fuera un cubilete de dados y me lo entregó.

–Mira tus piedras. Son un prodigio. Las labramos en silencio, como las ostras cultivan sus perlas.

Mis cálculos sonaron como tabas en un tablero de juego. Pensé en un niño que lanzase al aire, con la prodigiosa crueldad de su cándida indiferencia, los huesos de un muerto desconocido. Así estaba mi suerte. Así estaba mi salud: en el aire. No va más. La suerte está echada. Los huesos ruedan. Mis cálculos biliares están puestos, por su ley, al tablero. Mis tejidos están en el microscopio del patólogo, en su tapete de juego. Debíamos esperar. Las perlas venenosas de mi suerte absurda.

Las piedras eran dos cristalizaciones con el aspecto y el tamaño de huesos de níspero. Una se había fragmentado durante la extirpación y mostraba los anillos de su estructura. Alrededor de un núcleo de colesterol –me indicó Luis, aleccionador siempre– se habían formado estratos de bilirrubina. Estaba viendo las edades de mi dolor, los surcos de mi fiebre, el trabajo mineral de mi cuerpo en contra de sí mismo. Tenía algo de milagro sombrío el hecho de poder asomarme a mis perlas ponzoñosas, tocarlas, escrutarlas, oler su dulce pestilencia de pienso húmedo. Eran mis aerolitos, era yo convertido en aerolitos de otro mundo, mi mundo interior. Y recordé en ese instante lo que me dijo Paco Brines en una noche de pequeñas y grandes confidencias: *Es todo lo que me queda de mi madre: las piedras de su operación de vesícula.* Pensé en la curiosa realidad de que esas piedras también me sobrevivirían. Aerolitos biliares de mi mundo otro. Y todo tan extraño.

Allí estaba: en medio de la claridad, abierto y vuelto a coser por mitad del abdomen. Palpé bajo las sábanas mi vientre hinchado, me abrí el pijama y toqué el apósito que cubría la herida. Al hacerlo, pude sentir las grapas con que habían cerrado la incisión. Mi sutura de muñeco de trapo. El hilván de mi carcasa descompuesta y armada de nuevo.

La última escena que recordaba antes del despertar sucedía en el quirófano. Aunque hubiera podido hacerlo por mi propio pie, entré tumbado en una camilla, después de que me hiciesen un electrocardiograma y me pincharan en la juntura del brazo izquierdo para dejarme abierta una vía de inyección. Vestía el pijama azul de reglamento, atado a la espalda con dos cintas, ese uniforme doliente que deja a los enfermos en un desamparo ridículo que consiste en estar con el culo al aire. Dos celadores que rezongaban sobre quién sabe qué asunto me pasaron a la de tres a la mesa de operaciones. Eran dos tipos gordos y vocingleros, con una facundia que me resultaba irreverente para aquel momento, porque un quirófano, a juicio de cualquier enfermo, es la capilla de un templo privado y no una taberna portuaria. Los celadores de hospital y los empleados de las casas de mudanzas forman parte de un mismo gremio estibador, son miembros de un sindicato común que transportan bultos por el mundo de un lugar a otro, cansados de asomarse a la intimidad de los demás. Su falta de respeto hacia los pequeños detalles de la vida ajena sólo es superada por los albañiles que trabajan en los cementerios y que tapian y lucen los nichos después de los entierros: su falta de respeto es para con los pequeños detalles de la muerte ajena.

Pensé que el quirófano era un lugar inhóspito, y no sólo porque unos instantes más tarde fuesen a abrirme el cuerpo y a escarbar en mis entrañas, sino porque no había un clima de excepción, de acontecimiento. Hacía frío y reinaba un trasiego de plaza pública en día de mercado: la gente entraba, saludaba y se iba. Había puertas batientes que se abrían y cerraban sin cesar, y una esgrima en el aire de conversaciones entrecruzadas. Siempre que me habían operado había fraguado en mí aquella convicción anómala de que el teatro no estaba a la altura de las circunstancias escénicas. En mi fuero interno estaba convencido de que un quirófano debía ser un tabernáculo en donde reinara una suerte de sacra devoción, se hablase con susurros inaudibles, se caminara sin tocar el suelo y se percibiese en su atmósfera de planeta lejano la tenaz lucha de la salud contra la enfermedad, de la enfermedad contra la salud. En un quirófano, sobre las cabezas de todos los oficiantes debía pender, detenida en su aleteo cegador, una lengua de fuego inspirada.

Recuerdo que unos segundos antes de iniciar la cuenta atrás que me llevaría a perder la consciencia, pensé en que instantes después estaría desnudo por completo sobre aquella mesa. Desnudo con los brazos en cruz, sujeto a extensiones metálicas que me inmovilizaban y despejaban la zona de intervención, como un cristo yacente en un altar helado, a la vista de muchos desconocidos. Desnudo en el templo de los mercaderes. Desnudo en el limbo anestésico. Desnudo a mitad de camino entre lo que existe aún y lo que podría dejar de existir enseguida. Entre la nada y la realidad, desnudo. Desnudo ante los fariseos, desnudo ante los faraones, desnudo ante la farmacopea. En esos momentos en que el pudor importa poco, el pudor adquiere su verdadera y exacta profundidad.

Creo que sentí pudor, unos instantes de pudor difíciles de mensurar, un parpadeo de recato previo al letargo de la anestesia, y que se debía no al hecho de encontrarme desnudo, sino al de encontrarme desnudo y aletargado durante aquella ceremonia en que se echaban a rodar los dados de la suerte, las tabas del futuro.

La última pregunta de hombre con vesícula infectada que me formulé fue sobre el pudor y el impudor. Sobre las formas en que el impudor y el pudor encarnan en nosotros. ¿Es erótico un cuerpo desnudo sobre la mesa del quirófano? No mi cuerpo desnudo, no yo crucificado y herido sobre la mesa del quirófano: un cuerpo sobre la mesa de un quirófano. Porque el ara quirúrgica –igual que los pijamas azules, las pulseras identificativas, los vasitos de plástico con las píldoras de la medicación, los números de las habitaciones, los historiales clínicos, toda la máquina médica– nos desrealiza, nos saca de nosotros mismos, nos arrebata la parte más importante del ser –nuestra pura intimidad– y nos deja desnudos con briznas de ser último: la impura, indiferenciada y borrosa pertenencia a la especie, la condición de cifra, lo que no nos distingue. ¿Es erótica la carne inerte, sin el halo de la consciencia, sin el hálito del pensamiento? Carne varada en la orilla de ningún lugar, carne arrojada por la marea del mundo, carne que duerme su sueño farmacológico sobre el mármol frío del carnicero, carne para destazar y zurcir, carne sin mí, pero mi carne, carne de mi yo, con mi yo ausente, carne sin memoria, pero carne viva. ¿Quién puede responder? ¿Qué es el erotismo, al fin y al cabo? –me pregunto ahora, por lo que creo que me pregunté unos segundos antes de ingresar en las nubes de la anestesia general intravenosa.

Todo es erotismo, o nada lo es: todo cae debajo del erotismo para una mente que se encuentra predispuesta a lo erótico, y nada lo hace para quien no se encuentra predispuesto a ello. No se trata de una obviedad, sino de una verdad sencilla y sobria. Si de algo he dispuesto a lo largo de mi vida es de amigos médicos: una caterva de urólogos, cirujanos, hematólogos, ginecólogos y dentistas. Amigos de la infancia a quienes el correr del tiempo convertía en médicos reputados. El pajillero impenitente, el campeón de los sueños calenturientos, la niña pecosa de las tetas intangibles, el hada estival de nuestras varitas tiesas, el fuera de serie en los partidos dementes de quemar pedos en una esquina de la calle, el bondadoso ogro sabio incapaz de pronunciar palabra: todos convertidos en doctores en medicina por la Universidad de Valencia. Mi condición de grave enfermo episódico y de eterno convaleciente ha servido para despertar sus vocaciones larvadas, y ha sido de gran utilidad como práctica precoz. A pie de página en sus títulos de licenciatura y en el capítulo de agradecimientos de sus tesis doctorales debería figurar una llamada de atención acerca de mi auxilio en la sombra, de mi labor como cobaya.

Por mis amigos médicos conocía multitud de relatos de hospital, docenas de anécdotas de quirófano. Sabía de un servicio de urología, por ejemplo, que ante la aparición de un paciente en la mesa de operaciones con la verga de un caballo de la remonta hacía correr la voz, y al eco de la noticia acudían los médicos, las cirujanas, las enfermeras a establecer una comprobación científica del hecho y a dilucidar si era para tanto el alboroto. Siempre que he estado provisto de un buen repertorio de chistes obscenos, provenían del caudal de mis compadres los doctores. Las guardias en puertas de hospital son un vivero de casos que darían para escribir un tratado de erotismo teratológico de carácter doméstico, una enciclopedia de los usos privados del cuerpo y sus consecuencias clínicas, páginas en las que no faltarían los mitológicos amantes enlazados como perros a los que hay que administrar relajantes musculares para separarlos, o los mil y un casos de los mil y un masturbadores que acuden a urgencias con algo dentro de sus orificios erógenos que no han podido extraer –pastillas de jabón, frutas nacionales y exóticas, herramientas metálicas, todas las piezas de museo que terminan en un frasco con la etiqueta de cuerpo extraño.

En realidad todo cuerpo es extraño, y más extraño aún todo cuerpo tendido sobre la mesa de un quirófano. Supongo que nadie –supongo que hablo por mí y por buena parte de mis amigos médicos– puede sustraerse a un pensamiento de naturaleza erótica ante la visión de un cuerpo desnudo que encuentre apeticible, por más que unos segundos después deba abrirlo con un bisturí, para amputar su vesícula, o su bazo, o para abrir su corazón y seccionar sus arterias y mancharse con su sangre. Por más que haya de hacerlo, o justo porque tiene la obligación de hacerlo. Justo para olvidarse del cuerpo y concentrarse en la corporeidad y en su trabajo. Justo porque su obligación, según para qué mentalidad, según para qué naturaleza, consiste en lo más apartado que existe del erotismo, o porque consiste en lo más próximo al erotismo extremo. Quién sabe. Quién puede hablar de qué es el erotismo.

Un cuerpo abierto, a merced de las manos precisas y sabias de un cirujano y un anestesista, vivo por las manos sabias y precisas de un anestesista y un cirujano, con su salud futura a expensas de la precisión y la sabiduría de su cirujano y de su anestesista, se halla en un grado de intimidad cercano al de los delirios del amor. ¿Qué amante verdadero, en sus disoluciones corporales, no ha soñado con el derretimiento de su carne hasta verterse en la carne de acogida de su cuerpo amado? ¿Quién, aunque sea durante un parpadeo de su éxtasis, en mitad de su orgasmo, no ha sentido la anulación de su presencia física y se ha fantaseado como un hemonauta en los mares de la sangre de su amor? ¿Quién en los delirios del placer no ha pensado, por obra de un exceso de vida, en que no le importaría morir allí mismo, aniquilado dentro del cuerpo de su amante? Yo me he visto así, cuando lamía las mucosas, cuando hurgaba en los intersticios del cuerpo, cuando exploraba en lo más hondo, porque el amor tiene en su exacerbación algunos momentos de demencia médica. Tal vez porque la medicina tenga en su razón final un puro fundamento amoroso, nazca por una idolatría sin resquicios del cuerpo humano.

Siempre que me he hecho reflexiones como éstas, me ha venido a la memoria un capítulo de *La montaña mágica*, en que el protagonista, Hans Castorp, arrodillado a los pies de su amada, madame Chauchat, declara su arrebato amoroso con minuciosidad clínica. Su intimidad reclama los nervios, el torrente sanguíneo, el abismo de las células, el nombre de cada músculo. Creo que se trata de un asunto importante, porque siempre ha sido para mí una fuente de excitación y de placer: las palabras del frenesí, que se convierten en el mismo frenesí de las palabras. Las palabras en el acto del amor, dictadas por el amor a las palabras. Yo siempre necesité palabras para todo.

De hecho, sólo sería capaz de amar, de verter en el acto del amor todo lo que yo soy, de vaciarme de mí dentro del cuerpo amado, en mi propia lengua. Porque sólo se puede llegar a amar, llegar a expresar la intensidad del amor con todos sus matices, con la justeza exacta, con su inflamada demasía, en la lengua propia. No quiero decir que uno no pueda sentirse enamorado en otra lengua. (En realidad, muchos hombres y mujeres —yo mismo— se han enamorado de una lengua ajena y del acto de amar en un idioma extraño; pero esa fascinación verbal, cuando concluye, puede llevar aparejada el acabamiento del amor, en especial al descubrir que, por más que uno conozca una lengua distinta a su lengua de origen, nunca podrá alcanzar el grado suficiente de sutileza para llegar a ser todas las posibilidades de sí mismo, nunca podrá hacerse amar con todos los destellos que su lengua materna le permite.)

No pretendo que mis convicciones sirvan a los demás, porque a veces ni siquiera me sirven a mí. ¿Quién sabe, a fin de cuentas, qué es el amor? Y además, ¿a quién que se sienta enamorado le preocupa si ese amor en marcha se dispensa a la mejor posibilidad de su ser, o sólo a una manifestación menor de sus aptitudes? Esos bizantinismos, probablemente, no interesan a nadie salvo a mí, que por el amor a las palabras he amado no sólo las palabras del amor, sino el amor mismo, inseparable en mí de las palabras necesarias.

Igual que resultaba necesario y de obligado cumplimiento que empezase a orinar –me instruyó Luis, con su autoridad afectuosa. Y a un gesto suyo un enfermero de impoluto pijama verde me acercó una botella de plástico, mientras me observaba con lo que interpreté como una amenazadora sonrisa. Si en unos minutos no empezaba a eliminar la anestesia, me sondaría sin contemplaciones aquel sonriente extraño, de manera que debía aplicarme en la tarea.

El caso era que desde hacía un rato había empezado a sentir un escozor interno. Para decirlo tal y como lo sufría: una quemazón serpiginosa, un picor candente que giraba, como si se arrastrase, dentro de mi uretra. Había estado sondado ya dentro del quirófano y eso me producía el malestar. Sondado y desnudo. Crucificado y herido. No soy quién para decir si un cuerpo abandonado a su suerte sobre la mesa de un quirófano resulta digno de considerarse erótico, pero de lo que no me cabe la menor duda es de que alguien sondado y desnudo, en el mismo lugar, resulta pornográfico. Para mí lo pornográfico consiste en todo aquello que se hace en demérito del cuerpo, contra sus posibilidades de obtener placer. La pornografía no es lo que por regla general se entiende por ello. El material pornográfico es sólo una variante, más descarnada que otras, más o menos elaborada que otras, perteneciente al ámbito del erotismo. Y la diferencia entre el erotismo y la pornografía reside tan sólo en la elección de las palabras, en la predilección que sintamos por unas u otras, en el desafecto que nos causen.

Yo sabía por mi historial de guerra que las amenazas de ser sondado solían obrar en los pacientes como un diurético feroz. Por lo común, los enfermos prefieren hacer un esfuerzo último y encomendarse a su uretra, antes de que venga un auxiliar de impoluto pijama verde y sonrisa amenazadora a hurgar en sus conductos. Luis empleó la palabra orinar. No es que yo sienta repugnancia hacia ella –como sí siento por tantas otras, como sí tantas otras me producen aversión–, pero confieso que, antes que ganas de ir librándome de la anestesia, me dio ganas de reír. De reír hacia dentro. De reír con una risa triste y absorta. La encontré demasiado formal para nosotros dos, demasiado solemne para las circunstancias, como si añadiese una brizna de seriedad que me pareció luctuosa. Yo leo el futuro en las palabras pronunciadas en el aire como algunos leen en los posos del café, o en las llamas del fuego. Leo, interpreto, adivino. El término orinar proyectaba de repente una sombra de incertidumbre funesta sobre mi persona, sobre mi escozor recóndito, sobre mis análisis. La sombra de mis tabas en el aire. El percutir sordo de mis huesos sombríos en el tablero de mi vida.

El acto de mear –ésa era la palabra justa– en una botella, delante de alguien, aunque fuesen mi novia y mi amigo cirujano, me resultaba obsceno, de la única manera en que la obscenidad aparece en mi espíritu: cuando un hecho, de nuevo, se presenta en contra del placer del propio cuerpo. Meterla en una botella de plástico, con la obligación de mear y dificultades para hacerlo, significa la antítesis del erotismo.

Mear y orinar, pornografía y erotismo, benigno y tumoral. La suerte se refleja en una simple elección de las palabras. De una mera elección de palabras depende la suerte de nuestro destino. Tal vez yo sea un hiperestésico de las palabras, pero la verdad es que muchas veces el destino material de mi existencia ha seguido una dirección u otra por obra suya.

Cerré los ojos, me abstraje, pensé en un lugar remoto y solitario –ese recurso infantil que tantas veces me ha dado resultado en los urinarios públicos, cercado de desconocidos–, y al fin meé. Me dolió de una forma tan interior y extraña que he debido escribir meúve, por lo irregular.

Me encontré en vilo, sin fuerzas, atado a la vida por un hilván diminuto; pero al mismo tiempo, por no sé qué paradoja de indefensión que me asaltaba en ocasiones como aquélla, también me sentí invulnerable. Como si mi flojedad y mi abandono me hiciesen levitar dentro de mi propia piel.

Allí me hallaba yo, roto y suturado, descoyuntado y leve, caviloso sobre las extremosidades corporales del erotismo, en el momento menos oportuno. O quizá en el único momento de verdadera necesidad: cuando lo erótico y extremado resulta poco menos que imposible. La mente no elige, aunque lo crea. El cuerpo tampoco. Son súbditos del instinto en los asuntos de la carne. Muchos años atrás, en los tiempos de mi cáncer linfático, siendo un adolescente pajillero, sobrado de ensoñaciones y de cábalas, había pasado más de dos meses ingresado en un hospital similar a aquél, y durante mi encarcelamiento clínico –quién me lo iba a decir– tardé más de veinte días en concebir una idea erótica, y más de un mes en padecer una erección.

Dicen que en los hospitales, igual que en las ollas al rojo vivo, se condensan las pasiones, se dilatan bajo presión y acaban por estallar. Algunos consideran –tengo muchos amigos médicos que ratificarían esta ocurrencia– que no hay nada en el mundo como los amores de hospital. Un hospital, para algunos, consiste en el mejor teatro del deseo, un territorio salvaje en donde todo debería estar permitido, como en una ciudad apestada, como en el último día de los últimos habitantes de una ciudad apestada. Quién sabe: para algunos la muerte y el amor no son sino variaciones de un asunto único. Lo tanático, según piensan ciertos poetas, ciertos filósofos, ciertos fornicadores afligidos, es el envés de lo erótico. Desde ese punto de vista, supongo que será verosímil esa teoría del amor hospitalario: un lugar en donde todos, por la cercanía de la muerte, piensan sólo en el disfrute de la vida. Un territorio en donde la proximidad del mundo en su desdicha hace que todos anhelen el alejamiento del mundo, esa dádiva que, en el propio mundo, sólo conceden las enajenaciones de la carne. Una colmena en donde todos sueñan con follar con todos, en donde todos follan con todos a la menor ocasión, en donde todos quieren salvarse, redimirse, limpiarse del lodazal del mundo, de los detritos que el mundo arroja, en forma de cuerpos enfermos, por los sumideros de cada día, hasta las puertas de urgencias. Hasta los quirófanos. Hasta las salas del despertar.

No sé dónde se está durante la anestesia, ni cómo se está allí donde se permanece. Siempre me han interesado las consecuencias metafísicas de ese limbo corporal y de la conciencia. ¿Nos duele lo que nos sucede y no lo recordamos después? ¿No nos duele el dolor que seguro se produce en la intervención, atenuado por los fármacos, y además acaba siendo borrado de la memoria? ¿Existen los sueños quirúrgicos que más tarde los medicamentos eliminan? ¿Se permanece en un completo anonadamiento de la conciencia, reducidos a nuestras mínimas constantes vitales? He tratado a veces de rescatar recuerdos anestésicos, de hacer aflorar hasta la superficie pensamientos engendrados durante la operación, que eran borrados por los fármacos en el instante de ser concebidos. Creo que mis reconstrucciones tienen posibilidades de ser ciertas. Puede que mientras estuve desnudo, expuesto a los pensamientos –incluidos los de naturaleza erótica– de los ocupantes del quirófano, el instante previo de sentir pudor condujera mi imaginación hacia los recovecos del erotismo. ¿Quién puede decir qué se sueña, cuando se cree que alguien está soñando, salvo quien urde los sueños? Ni siquiera los estudios de la actividad cerebral durante los periodos oníricos saben qué es lo que ocurre cuando creen saber que algo está ocurriendo. Todo son conjeturas. Como en el amor. Como en el dolor. Como en la muerte.

Si alguien siente excitación y placer por la contigüidad de algún aspecto fúnebre, no seré yo quien niegue a la muerte su capacidad erótica. ¿No hay quien llama la pequeña muerte a la cumbre del orgasmo? Recuerdo a menudo los versos de Leopardi, que me gusta recitarme así:

    Hermanos en su instante, amor y muerte,
       los forjó la suerte.

Sin embargo, creo que todos mis apetitos, todos mis impulsos, todos mis instintos de naturaleza erótica representan una afirmación de la vida. Cuanto más cerca he estado del placer, más lejos me he sentido de la muerte y su universo gélido. Nunca he sufrido la postración del animal saciado. Nunca me ha invadido la tristeza del instante después, que tantas veces aparece en las prédicas de los puritanos. Y creo que durante la anestesia yo elucubraba a favor de la carne, a favor del placer, a favor de la vida.

Hay quien considera que el espacio, el ámbito, condicionan nuestro comportamiento, nuestras reacciones, nuestros sueños. Podría ser así. La belleza predispone a lo bello; lo horrible, al horror; la violencia, a lo violento. Como en los lugares amenos de la literatura pastoril aparecen cantores de la paz bucólica, en los hospitales se segregan hormonas y fluidos corporales por las imantaciones contrarias de la vida y la muerte. Podría ser así. O podría no serlo.

El caso es que yo tuve hace ya muchos años una novia enfermera, y si por ella fuese habría que dar crédito a todas esas teorías sobre las promiscuidades de hospital. Trabajaba por las mañanas en quirófano con un cirujano torácico, al que seguía por las tardes, como una perrita fiel, a su consulta privada. Cuando yo la conocí era la amante fatigada de su jefe, un sesentón de respetable bigote canoso y picha brava: fatigada de acostarse con él en hoteles de paso, de cenas clandestinas en restaurantes lejos de la ciudad, de ver a la legítima con bastante frecuencia en la consulta, de no tener arrojo suficiente para romper con la inercia de sus rutinas. De modo que yo fui su tabla de salvación en el naufragio y su excusa, su encaprichamiento y su regreso al mundo. Serví, creo, como ocurre tantas veces, de grato interludio entre un tiempo desventurado y lo mejor por venir. Un puente entre lo que ya estaba muerto y lo que todavía no había nacido.

Durante los meses en que estuvimos juntos –los necesarios para atracarse el uno del otro, para empacharnos recíprocamente– estuvimos follando como si fuésemos adeptos de una secta milenarista que creyese en el inmediato fin del mundo. Ella salía del hospital o de la clínica de su jefe nimbada de apremio, con un halo suicida de urgencias corporales, para resarcirse de sus largos amores sin futuro. Me pedía que la llevara a cualquier bar y que me la tirase a trompicones en el lavabo de mujeres, o que le diese un alivio manual de emergencia en el asiento del coche. Era fácil de orgasmo, complaciente, mesurada en sus armoniosos gemidos lastimeros. Me encantaba su cuerpo, menudo y suficiente, con la delgadez fibrosa de las mujeres que han vivido a disgusto más tiempo del aconsejable. Pero no estábamos hechos el uno para el otro. Nuestra separación pregonada se debió a un problema olfativo.

No se trataba de que su olor me desagradase: al contrario. Ella olía como una rosa húmeda, y todos sus perfumes eran de la estirpe que prefiero: los densos y perennes, los que anuncian el olor a mujer desde que salen por la puerta de casa, los que te dejan estampado en el alma y el cuerpo el troquel firme de las hembras fuertes. Si hubiese existido un problema de olor físico, no habríamos llegado a ser amantes, porque soy lo que podríamos denominar un integrista pituitario: puedo soportar un cierto grado de defectos semejantes o distintos a los míos, pero no transijo con los olores que me desagradan. Nuestro problema olfativo era de estirpe verbal. Otra vez las palabras.

He necesitado desde siempre un buen idioma común de alcoba: que el léxico de cama de una mujer me hiciera sentir cómodo y me excitase. Las palabras son el olor de la inteligencia, la sudoración del espíritu, y yo soy un maníaco de los olores, un perfumista del sudor ajeno y propio. Mi enfermera olía como una novia imperial en su noche de bodas. Olía como sólo la juventud huele –frescura y demencia–, incluso aunque no se lavase, como le sucedía en nuestros encierros sin tregua del fin de semana, cuando no la dejaba escapar de mis manos más que para mear. Su cuerpo olía así: con la fragancia exacta de mi deseo diario. Sin embargo, nunca me gustaron sus palabras.

Se trata del término, pero también del tono. Se trata de la precisión, pero también de la oportunidad. Consiste en la voz concreta que se elige, pero además, en la convicción con que se encaja en el discurso. No es el momento de redactar un tratado de lexicología amorosa, pero digamos que en esto me conduzco con el siguiente sistema: todo lo que no me suele gustar por escrito en el capítulo erótico de la literatura, me encanta en el instante práctico del erotismo. Prefiero una procacidad a una palabra técnica. Necesito las ordinarieces antes que los circunloquios.

Ella se quedaba muda, y cuando hablaba era para decir orgasmar, coito, pene. Cosas así. Yo quería oír correrse, polvo, polla. Mi enfermera gritaba ramera y semen, mientras yo repetía leche y puta. No quiero tecnicismos, ni finezas. No quiero circunloquios, ya lo he dicho. Era cuestión de tiempo el que nos separásemos, porque cuando mi apetito empezó a debilitarse, pasados unos meses, las palabras cobraron en mí su importancia capital. Terminaron por administrar en mi deseo su justicia poética.

Me subieron a una habitación de planta un par de horas más tarde, cuando a mi cirujano le pareció adecuada la cantidad de anestesia que había conseguido mear. No sé qué decir acerca del erotismo extremo de los hospitales: puede que sus efluvios sean ciertos. Quizá yo también los sufrí a mi modo, durante la narcosis, por efecto de toda la farmacopea que me habían administrado. Lo que para algunos es el extrarradio de lo erótico, para mí es el centro de su diana. Meé con dificultad y dolor los hipnóticos inductores, los gases de mantenimiento, los opiáceos. Meé todo lo que mi viejo amigo Luis, el pedagogo de las manos de orfebre, me había dicho que me inyectarían: Procofol, Sevorane, Fentanilo. Me gusta calibrar la hermosa exactitud de las palabras, su eco en mi conciencia, su música sin par, la muda música de su desafuero. Es todo lo que tengo. Es todo lo que tuve. Es todo lo que existe para gozar de la existencia y dárnosla a entender, que es gozarla dos veces.

Pasé una mala noche: baldado, dolido en cada articulación, en cada músculo, en cada nervio. Es verdad que el cuerpo constituye un todo: cuando nos abren el abdomen –cuando nos abren cualquier cosa– nos duelen todos los rincones de nuestra anatomía. El todo clama por las injurias infligidas a una parte. Las uñas de los pies y el cielo del paladar. La memoria y el pecho.

Había mandado a mi novia a dormir a casa, en un acto innecesario de valor mal entendido. Con pésima previsión de macho suficiente le dije que los acompañantes, durante las noches de hospital, deben descansar en sus camas y estar frescos la mañana después. Permanecer más de la cuenta sin poder salir, entre las paredes de los hospitales, seca el cerebro, mina la fuerza moral, corrompe el espíritu. Eso argumenté. La convencí para que se marchara, asegurándole que me encontraría bien, y que las enfermeras son quienes deben cargar con la tarea de atender a los enfermos.

Lo cierto fue que pasé una noche infernal, abatido por el dolor que se me vino encima desde que cesó el efecto de la anestesia. Los analgésicos que me recetaron no bastaban más que para acolchar las molestias sin hacerlas desaparecer. Cada poco tiempo hube de reclamar mi botella amiga para mear en ella el suero y los antibióticos que me administraban por vía intravenosa. Me pasé las horas con la botella de plástico graduada entre las piernas.

Me observé desvalido, otra vez en una cama de hospital, como tantos años antes, como cuando fui un adolescente seriamente enfermo. Me vi solo y me sentí en peligro. De manera que vinieron a mí los pensamientos lúgubres, las aves sucias de la madrugada, los perros del insomnio. Pensé en que podía morir. Pensé en que no era probable. Pensé en que la vida estaba llena de asuntos parecidos: casos improbables que conducen a muertes irrebatibles. Tuve miedo y tuve que aguantarlo. Permanecí toda la noche observando cómo me crecía la barba más deprisa, que es lo que sucede cuando se tiene miedo.

A primera hora de la mañana ella volvió, como la brisa fresca, y su sola presencia aventó los fantasmas, los terrores, las miasmas de la noche anterior. Más tarde Luis me visitó en consulta, con todo su séquito de adjuntos, y me comunicó que las cosas habían marchado como era de esperar. Eso dijo: como era de esperar. Los patólogos se habían aplicado en mis análisis y me habían dado preferencia a petición suya. La biopsia era negativa. Escuché la expresión «parénquima vesicular». Muchos años atrás me habían tomado una muestra de tejido en los testículos, el último refugio en donde al parecer podían esconderse las células malignas de mi leucosis. El último reservorio, junto con el cerebro. Así pues: la cabeza y los huevos. La polla y el cerebro. Para que luego digan que no existe relación alguna. Me habían abierto los testículos con anestesia local sin esperar a que me hiciese efecto y juré en todos los idiomas conocidos. Me cortaron en lonchas un pedacito de testículo para analizarlo, y escuché por vez primera esa expresión cuando me comunicaron los resultados: parénquima. Parénquima testicular. Qué música tan bien temperada la de las palabras justas. La de los diagnósticos favorables. La del destino a nuestro favor. Qué bien suenan los huesos de la suerte, cuando es buena. Las tabas de ganar.

Aquella vez lejana yo había conjurado la muerte en mi cabeza muchas veces. La había exorcizado con el talismán de mis palabras, con mi apetito de vida. Igual que había hecho en la noche profunda de mi operación de vesícula, durante el día de San Valentín, enamorado del mundo. Con la misma fe en el poder de las palabras. Con la misma fe en el poder de la vida. Con la misma fe en las palabras que nombran la vida. Le había dicho no a la muerte. Detente, le había dicho. Ni un paso más allá. Aquí no hay nada para ti, vieja negra, sucia vieja.

Durante mi alegato me pregunté cien veces: ¿cómo serán las palabras de la muerte? ¿Cómo serán las mías en respuesta a las suyas? Y cien veces me respondí lo mismo: las mías no serán. Yo, que siempre tuve palabras para todo, no pienso pronunciar ninguna cuando venga. A ella sólo le reservo el silencio. Lo menos mío. Lo menos humano de cuanto me hace hombre.

Valencia, septiembre de 2006

El favor
Esther Cross

Aunque no estaba segura de que su novio viajara especialmente en esa fecha porque era San Valentín, Cati había decidido que ante la duda valía la pena ir de compras para recibirlo como se debía. El día anterior se había escapado un poco antes del trabajo con su amiga Julia para ir a la galería Circus. Se había gastado medio sueldo.

—¿Cuánto tiempo piensa quedarse esta vez? —le había preguntado Julia mientras revisaban los percheros de la lencería.

Hacía dos meses que no veía a su novio. La última vez ella había ido a visitarlo, aprovechando la licencia de una semana y el pasaje que él le había enviado. En el taxi que los llevó del aeropuerto al centro la había manoseado mientras le hablaba de la vida. Pero la nota sobresaliente del viaje había sido verse en la pantalla de la televisión que él había conectado a una cámara. Se había visto ahí encima de él, como él le había enseñado. Un poco menos linda de lo que pensaba pero más atractiva. Le pasaba la mano por el pecho liso y fuerte mientras lo montaba. Lo montaba con ganas mientras se veía en la pantalla y la cámara filmaba. Después él la había agarrado de la cadera y la había movido para adelante y para atrás, *para mí, Cati*, le había dicho. Al terminar, vieron juntos el video en el mismo sillón en que lo habían filmado y al rato querían más otra vez. Esta vez él dijo varias veces *así, Cati*. En la pantalla de la tele ella seguía encima de él, *Cati, Cati*. Siempre había querido ser su estrella porno y él le había dado el gusto. Sabía hacerla sentirse importante.

Porque Cati no era un as en el trabajo –Julia la ayudaba a salvar sus distracciones–, y no había nada en ella que prometiera una buena ama de casa. Había terminado su carrera pero eso no modificaba nada. Sabía que era bonita –los hombres la miraban con ganas de hacerle cosas y las mujeres la miraban con recelo– pero era consciente de que la suya era una belleza de cabotaje. Sus padres la querían aunque tuvieran que contarle cómo estaban porque ella nunca preguntaba. Pero en la cama era otra cosa. La cama era lo suyo, la cama era su elemento, la cama era su reino y, le había dicho su novio mientras le tocaba los pezones con los dedos mojados, tenía talento para eso.

–Me imagino –le había dicho Julia mientras miraban cedés. Pero Cati pensó que Julia no se imaginaba, de la misma manera en que tampoco se imaginaba que Cati le hacía un favor cuando le daba ideas para pasar un buen fin de semana. Cuando le había contado del video, Julia había negado con la cabeza y Cati no había tenido tiempo de explicarle que sin ropa era más fotogénica, que había salido muy bien y que eso era importante para ella porque era muy insegura.

Sentada a una mesa del bar del aeropuerto, Cati se acordó de Julia, que estaría en el trabajo, toda arreglada y suave porque su novio iba a ir a buscarla al mediodía para el almuerzo de San Valentín. Abrió la cartera y decidió ordenarla un poco para matar el tiempo. Afuera hacía calor y la gente andaba con la mano en la frente. Las chicas usaban polleritas cortas y los chicos llevaban camisetas que los hacían parecer más fuertes. Habían puesto el aire a toda marcha y su vestido ciento por ciento poliéster se le pegaba como una lengua helada, pero ¿qué podías pedirle a un vestido que se planchaba solo y era barato? En la peluquería, se lo había mostrado a la chica que le había hecho los pies y las manos.

—Es precioso —le había dicho la manicura. La manicura tenía una perlita en la lengua y cuando dijo *precioso* Cati decidió que al otro día iba a pintarse los labios como ella. Guardó el vestido en la bolsa. La manicura le hizo masajes en los pies con una presión que a Cati le pareció perfecta.

Se acomodó en la silla y se metió la mano debajo del vestido para despegarlo de los muslos. Como siempre que estaba un poco nerviosa y aunque hubiera aire acondicionado, transpiraba. Una gota de sudor resbaló hacia abajo. En la mesa de al lado había un tipo que la miraba cada vez que la mujer que estaba sentada con él se levantaba para mirar de cerca la pantalla con números de vuelo. Ella también lo miró y después miró la hora y cruzó los brazos sobre la mesa y se frotó un poco en el asiento. Tenía ganas de estar con su novio en el taxi hablando de la vida. Se dio cuenta de que empezaba a latir como siempre que él estaba cerca. Apretó los muslos y tuvo una muestra de lo bien que iba a pasarla. Iba a tocarlo un poco mientras él la tocaba. Iba a hacerle el mejor *blow job* de su vida. Se acarició las piernas, recién depiladas. Era una piel para patinarse.

—¿Bien cavado? —le había preguntado la depiladora.

Cati estaba tirada en la camilla y tenía los brazos detrás de la nuca porque también se había depilado las axilas. Le gustaba el dolorcito que la erizaba apenas cuando la depiladora tiraba en seco y también el ardor de la cera caliente cuando se la aplicaba. La depiladora estaba más gorda y se había hecho un rodete con una birome y comía chicle como si en eso se le fuera la vida.

—¿Todo? —le preguntó a Cati.

—Un poco más —le dijo—. Pero no todo.

La depiladora dijo que un día iba a depilarla toda entera aunque no le diera permiso. Cati le contó que su novio llegaba al otro día y que se había peleado con Julia hacía un rato.

151

La depiladora opinó que Julia le tenía envidia y Cati le respondió que le parecía increíble que Julia pudiera tenerle envidia a nadie. Cuando terminó, la depiladora tomó un espejo de mano, le dijo a Cati que se sentara y separara un poco las piernas. Bajó el espejo y le mostró lo bien que la había depilado. El ventilador estaba prendido y el viento le ponía duros los pezones. En la radio, por los altoparlantes que daban en estéreo a los camarines, pasaban una música y las dos se callaron un poco para oírla. La depiladora le pasó alcohol y crema por las piernas mientras suspiraba. Después se soltó el pelo porque necesitaba la birome con la que se había hecho el rodete para hacer la cuenta y Cati le contó del trabajo, sentada, con los brazos alrededor de las piernas. La depiladora le pasó la ropa para que se vistiera. La ayudó a meterse dentro de su blusa un talle más chico. Cati salió del camarín y pagó la cuenta. La cajera tenía uñas largas y hablaba en voz baja por teléfono.

De todos lados le llegaba una voz que anunciaba los vuelos y sus pormenores. En un rato iba a oír que el avión de su novio había llegado. Se cruzó de brazos y cruzó las piernas.

El avión de su novio iba a llegar en punto. Cati puso sobre la mesa las boletas de compra que el día anterior había tirado dentro de la cartera en la Circus. Le había encantado volver a casa con bolsas llenas de cosas que iba a ponerse al otro día para su novio. Se había puesto los aritos con piedras brillantes y la pulsera plateada que había comprado en el mismo negocio. Hasta su billetera era nueva y tenía ese olor a cuero recién estrenado que le recordaba cosas que le gustaban.

—Tendrías que ahorrar, Cati —le había dicho Julia mientras elegían el papel para regalo en la librería. Se quedaron con uno blanco que tenía corazones afelpados de distintos tamaños y colores. Cati enrolló el papel, hizo un tubo y lo usó de catalejo para mirar a Julia. Julia tapó el otro extremo con la palma de su mano.

–¿Por qué un llavero? –preguntó Cati. Con el llavero que había elegido para su novio colgando de la mano, Julia hundió la cabeza entre los hombros.

–¿Para qué un par de esposas? –contraatacó Julia. Y ése había sido el principio de la gran discusión. Cati le explicó más de lo que Julia estaba dispuesta a oír. El colmo fue cuando Julia le dijo que le daba pena. Cati le aseguró que estaba muy bien y además le dijo que no entendía. Estaba enamorada de su novio y así eran las cosas entre ellos. Pero Julia no pudo contenerse y se rió de mala manera cuando Cati le dijo que si su novio viajaba para visitarla era porque la quería. Cuando se sentaron en el bar para envolver los regalos no hablaron y no se miraron. No había pasado nada grave pero había algo entre ellas.

Cati miró la hora. Hizo flecos de papel con la servilleta. La pierna le bailaba en el aire, cruzada encima de la otra, al ritmo de un compás veloz pero afinado. Estaba lista para su novio. Iba a celebrarle con creces la visita. Serían sólo tres días pero iban a pasarla a lo grande.

Le había propuesto que se encerraran en un hotel del centro. Iban a pagar a medias. Estaba segura de que iba a quedarse sin un peso. *No tengo un peso,* iba a decirles a las amigas cuando la llamaran para hacer algún programa y ellas no iban a entenderla pero nadie iba a privarla de hacer lo que se le daba la gana. Quería encerrarse con su novio en un hotel a media luz todo el día. Iban a alimentarse a *room service.* Iban a colocarse como siempre –contra el *jet lag,* como le gustaba decir a su novio mientras le pasaba el porro– en cuanto cerraran la puerta. Iba a mostrarle esa ropita que había elegido mientras discutía con Julia en la lencería. Iba a contarle que había dudado entre esa y otra blanca, y además iba a pedirle un favor.

–Por favor –iba a decirle–. Por favor –iba a arrodillarse en la alfombra.

153

Iba a decirle que no había captado la idea cuando él –apostaba– le separara las piernas y avanzara para repasarla con la punta de la lengua. Tampoco era que quisiera jugar con cosas, *¿con esa lapicera, Cati?*, le había preguntado Julia una vez en la oficina. No iba a ser fácil decirle que no pero iba a decirle que no mientras le apoyaba un dedo en los labios. Iba a aclararle que tampoco era lo de la cámara. Tampoco era eso otro que él le había dicho esa vez en un bar cuando le comentó que si ella quería podían incluir a alguien.

–Hombre o mujer, no va a ser fácil –le había dicho–, pero puedo hacerlo.

–¿Cómo pudo? –le dijo Julia en la oficina en cuanto ella le contó.

–A mí me gustó que me lo pidiera, Julia –le había dicho Cati–. Es como el matrimonio: me encantaría que me lo proponga aunque después no acepte, ¿se entiende? –pero era obvio que Julia no había entendido y era inútil tratar de explicárselo. Su novio en cambio la entendía. Sabía interpretarla y darle estímulo.

Iba a pedirle algo que se le había ocurrido a ella sola. No lo había visto en ninguna película ni lo había leído en ningún libro. Nadie le había hablado de eso. Nunca lo había buscado en Internet. Era una cosa de ella. Iba a pedirle la mano. Tenía esa idea en la cabeza. La mano de él adentro de ella.

–Una hace eso cuando la cosa va en serio, Cati –le había dicho Julia en la galería cuando le contó–. Si se equivoca, te lastima. Tiene que haber muchísima confianza, es como poner tu vida en sus manos. –Cati la miró sonriente. La idea de poner su vida en manos de su novio la calentó. Se acordó de la vez en que le había pedido que antes de irse le hiciera una marquita con la brasa del cigarrillo. Su novio se la había hecho y les había gustado. Se acordó de la vez en que habían jugado un poco fuerte y a la mañana mientras tomaban el desayuno en una cafetería la mesera le había mirado el labio hinchado, y a ella le había gustado.

Las letras de la pizarra con números de vuelo se reordenaron. Llegaban un par de aviones y había que aprestarse porque salían varios. En la mesa de al lado una mujer llenaba formularios. Cati tiró de su collar de mostacillas. Era seguro que iban a comer y comer. Era seguro que iban a desordenarse un poco. Cuando él se fuera ella iba a quedar medio perdida, igual que cuando salía de un cine a la tarde. Pero iban a ver películas y sacarse fotos. Iban a hacer planes para el próximo encuentro y quizá intercambiarían recuerdos como la última vez –cada uno tenía una copia de la filmación y él le dijo por teléfono que había guardado el collarcito con tachas de ella en el cajón de la mesa de luz. Tenía música que había comprado para estos días. Iba a hacer de turista en su propia ciudad y eso le encantaba. Su novio iba a comentar la manera directa y hasta un poco descarada en que miraban las chicas y ella iba a mirar a las chicas con sus ojos llenos de ganas y orgullo. Estar en el aeropuerto también le gustaba, aunque los nombres de las ciudades que decían por el altoparlante le sonaban raros. Faltaban sólo tres días para que se despidieran ahí mismo, un poco mareados, con los ojos hinchados de tanto placer. A veces, varios días después de despedirse, podía sentirlo adentro. Y ahora, cuando él le hiciera el favor, iba a quedar más abierta y además iba a sentir su mano por días adentro de ella.

La voz anunció la llegada del vuelo por el altoparlante y la pareja que estaba en la mesa de al lado se puso de pie y empezó a juntar sus cosas. La mujer que llenaba el formulario lo guardó adentro del sobre con la tarjeta de embarque. Cati pagó la cuenta y se puso de pie. Se bajó un poco el vestido con las manos. Se colgó la cartera del hombro. Bajó las escaleras agarrándose de la baranda. Fue hasta la puerta de arribos y encontró su lugar, en donde se apostó apoyando la panza contra la cinta que separaba a los que llegaban de los que habían ido a recibirlos. Miró la hora en el reloj digital inmenso que estaba colgado en la pared. A esa hora Julia estaría caminando de la mano de su novio hasta el restaurante. El suyo apareció con el bolso a la espalda y Cati lo saludó desde lejos. Cuando estuvieron frente a frente, él le dijo *feliz día*. Se apuraron hasta la salida y subieron a un taxi.

Buenos Aires, agosto de 2006

Una pasión de Eurípides
Javier Azpeitia

De San Valentín la leyenda nos dice que fue condenado por celebrar matrimonios durante una prohibición dictada por el emperador Claudio II el Gótico para fomentar el belicismo de sus vasallos; que fue apaleado con «bastones nudosos» y degollado un 14 de febrero del año 269 en Roma; también que en su tumba se plantó un almendro, árbol que florece en esas fechas tempranas.

En Grecia el florecimiento temprano se celebraba del 11 al 13 del mes de antesterion, *que se sitúa entre el febrero y el marzo del calendario gregoriano, durante unas fiestas florales llamadas antesterias (*anthos *es «flor» en griego), las más antiguas en honor de Dioniso. Es la época en que florecen los almendros, el vino de la última cosecha ha fermentado y envejecido lo suficiente para poder beberse y, se decía, las almas de los muertos pasean por la ciudad. El espíritu de las antesterias y muchos de sus rituales se asimilaron en las lupercales romanas, fiestas del 15 de febrero en honor del dios Luperco, epíteto de Fauno: una de las formas del polimorfo Dioniso. Fue el papa Gelasio I quien en el año 494 prohibió las lupercales, sustituyéndolas hábilmente por la efemérides de San Valentín, un día antes.*

Los mitógrafos no entienden cómo el escurridizo e invasor Dioniso puede ser al tiempo dios del vino, de las flores, del nacimiento, de la muerte, del descuartizamiento, del cani-

balismo, del amor, de la locura y del rapto, ni qué tiene que ver todo eso con la tragedia, que le está consagrada. Pero la respuesta es muy sencilla.

El ubicuo Dioniso, cuyo tirso lleva hiedra o una serpiente enroscada y puede confundirse en las representaciones plásticas con un bastón nudoso, es el dios de las alienaciones, el travestismo y la máscara, de las transformaciones que purifican liberando el espíritu de su prisión, tales como el nacimiento de un niño o la muerte de un hombre, o como la transformación del capullo en flor, del zumo de uva en vino, del dios en hombre, del yo en el otro, del hombre en mujer, del hombre en animal, de la vigilia en sueño, de la realidad en ficción, de la sobriedad en ebriedad, de la razón en locura... Y el centro de toda tragedia lo ocupa una transformación que trastoca el mundo del héroe.

En ese sentido, Dioniso es también dios del amor. No del contrato social para la permanencia de la especie que era en Grecia y es hoy el matrimonio, sino del amor catártico que libera el semen, que arrebata, rapta, emborracha, droga, enloquece. Eso celebraban también las antesterias paganas.

¿Hay otro amor del que merezca la pena hablar?

J.A.

A Arturo Muñoz, en el camino de la vejez

Si cierro los ojos se me va la cabeza. Pero es mucho mejor que abrirlos, porque son como perras. Peor que perras. Y la peor de todas es Vibia, que me fascina incluso así, enloquecida, con los ojos en blanco y gritando.

No fui yo quien se fijó en Vibia, sino Parrasio, el pintor; yo ni siquiera sabía su nombre. Fue hace nada, no me lo puedo creer, hace dos días. Parrasio había venido a casa con la excusa de hablar de los murales que estaba preparando para la representación de *Las Fenicias*. El caso es que traía las manos vacías, ni un boceto, y desde el principio se mostró como ausente. Ahora sé a qué venía en realidad, pero entonces no me di cuenta, pensé que querría colarse en el banquete que daba yo esa noche. Era el primer día de los tres de las fiestas de Dioniso, las Antesterias, que aquí se celebran a lo grande, hoy acaban. Y yo, igual que hacía en Atenas, para no verme en la obligación de asistir a otra fiesta, organicé un banquete en casa.

Todo iba bien hasta que llegó Vibia con el vino. A Parrasio, que se había apañado para sentarse a mi izquierda, lo más cerca posible del puesto de honor del rey Arquelao, le cambió la cara.

—Tienes una esclava muy especial —dijo arrojándole con desdén pan a un perro que lo miraba con la lengua fuera.

Muy especial. No sabía a qué se refería, y me daba igual, andaba distraído, intentando recordar la estructura del discurso que tenía que dar cuanto antes. Más aún: ¿de qué iba a hablar?

161

Lo había concebido entero aquella misma mañana, era breve y sencillo. ¿Dónde estaban las palabras? Tenía que tratar del vino, de algo relacionado con el vino. De pronto me llegó una sombra de lo que iba a decir: el año transcurrido lejos de Atenas. Pero se me clavó en el alma la inquietud. Nunca me había fallado así la memoria.

–Amigos –dije poniéndome en pie para que todos se volvieran hacia mí–. Se cumple hoy un año desde que llegué aquí. El fruto ha fermentado. Quiero, entonces, homenajear a mi querido Arquelao, que me invitó a venir a su corte. Cuando un hombre cae en desgracia y ya ha entrado en la vejez, por lo general, no hay para él un lugar en la tierra en donde retirarse, porque nadie corre con pie más veloz que la maledicencia. Pero yo, que como sabéis tuve que abandonar Atenas, con setenta y cuatro años, para no volver, me veo en esta ciudad rodeado de amigos y de comodidades, como si fuera mi ciudad. Tanto es así que he vuelto a la poesía, la única ocupación que ha causado alguna dicha a este viejo, o quizá debiera decir que la poesía ha vuelto a mí.

»Pero sobre todas las cosas quiero daros una pequeña noticia, con el corazón lleno de gozo: ya tengo un lugar donde morir. Eso es. Un lugar donde morir. ¿Por qué afirmamos de nuestros antepasados que eran de la ciudad en que nacieron y no de la ciudad en que murieron, cuando no son la misma ciudad? ¿Por qué hablamos del punto de partida en el que los dioses los dejaron y no del final del camino que se obstinaron en recorrer a lo largo de toda la vida, del lugar al que sus pasos, azarosos o convencidos, los llevaron?

»Si alguien en el futuro, cuando yo esté enterrado en el jardín de esta casa como ha estado enterrada esta vasija de vino, os pregunta de dónde era Eurípides, decidle que Eurípides no era de Salamina, decidles que era de Pella, la ciudad en la que encontró una felicidad inesperada, al final de la vida.

»Gracias, entonces, a ti, rey Arquelao, hermano en mi corazón. Llegué aquí hundido, como estaba hasta ayer este vino, y tu ciudad me ha transformado y me ha sacado a la luz. Ha fermentado en mí la felicidad. En tu honor bebo y libo entonces el vino puro que rejuvenece a los ancianos y los hace súbditos de Dioniso, dios de la locura feliz.

La sala, que se había quedado labrada en piedra durante mi discurso, recobró el movimiento. Hubo algunos aplausos hastiados y un murmullo guasón. A mí me dio un vahído y me entró un pequeño ataque de tos por el esfuerzo detestable de hablar en público; nada importante, se me pasó pronto. La esclava en la que se había fijado Parrasio se dio la vuelta para salir, pero el pintor se dirigió a ella.

—Un momento, muchacha. ¿Cómo te llamas? —le preguntó.

Entonces ella lo miró directo a los ojos, pude espiarla mientras cataba el vino. Demasiado dulce para mi gusto, el vino; y ella demasiado joven, es lo único que pensé en ese momento: tan joven que ni me entretuve en apreciar si era bella.

—Delicioso —dije para que se me oyera, sabiendo que la mentira entorpecería un poco las inevitables críticas.

—Vibia —respondió ella tarde, con la cabeza alta, mirando todavía a los ojos de Parrasio hoscamente.

—Vaya —rió Parrasio—, además de especial es orgullosa. Dime, ¿de dónde eres?

Vibia guardó silencio.

—La compré de un grupo de tracios en...

—Ya era esclava de los tracios —me interrumpió con su voz ronca—. Soy etrusca.

—Etrusca, ¿lo ves? —Parrasio no cabía en sí de gozo—. Todo tiene su explicación: ¡vaya humos!

La culpa es de Parrasio, por ponerse a preguntarle de su vida, pero odio que me interrumpa una esclava delante de los invitados. Iba a levantarme a expulsarla, cuando Agatón se abalanzó sobre mí y me dio un beso en la boca de dos clepsidras de duración. Al final Arquelao se levantó del lecho y empujó a Agatón de una patada, lanzándolo al suelo. Se me cayó la copa.

—Haz el favor de contenerte un poco –gritó el rey.

—Sólo quería probar el vino puro –protestó Agatón desde el suelo, haciéndose el humillado, pero enseguida adoptó su inconfundible estilo agresivo–: En este pueblucho os ofendéis por nada.

Quien estaba humillado en verdad era Pausanias, que me miró con odio. Agatón lo enfurece en público, según él mismo confiesa, para disfrutar luego de las espléndidas reconciliaciones que siempre ofrecen los amantes celosos. Yo, como si no me diera cuenta, me levanté, me dirigí hacia Pausanias y le pedí que me ayudara a controlar la mezcla del vino. Con Agatón borracho antes de empezar a beber, Pausanias celoso y Arquelao preocupado por el protocolo, había muchas posibilidades de que todo acabara mal y antes de tiempo, lo que tampoco me desagradaba especialmente. De cualquier modo, decidí echar en la crátera casi tres cuartas partes de agua, por si lograba parar lo imparable.

Hubo un momento de tranquilidad. Se hizo la mezcla y todo el mundo volvió a sentarse. Las esclavas retiraron las mesas, comenzaron a escanciar y recorrieron los lechos entregando las copas.

—Mira –dijo de nuevo Parrasio con un grito de satisfacción cuando Vibia le entregó su copa, levantándose y tomándola del brazo con brusquedad–. Está marcada a fuego.

Vibia cerró el puño tensando el brazo, se le señalaron los tendones, y crispó los labios ofendida. Tenía una cicatriz horrenda en el anverso del antebrazo. El hierro había quemado parte de un tatuaje, una serpiente enroscada.

—¿Qué es eso?, maldita sea –me hice el ofendido también

yo–. Nadie me había avisado. Mañana mismo voy al mercado. Me van a oír.

Aunque ni Cefisonte ni Mnesíloco, que cenaban con nosotros y habían asistido a la compra de esclavos, hicieron comentario alguno, Parrasio lanzó una carcajada. Se dio cuenta de que era mentira, claro. Venir de Atenas me había costado una fortuna. Todo el mundo sabía allí que me iba obligado, que había caído en desgracia, así que no pude evitar que me pagaran una miseria por la casa, en la parte más selecta del barrio de Escambónidai, y por los terrenos de las afueras. Y luego no tuve valor para vender la cueva de Salamina, la de mi padre, mi refugio durante los últimos años y que sí podría habernos sacado del apuro. Se la regalé a Eurípides el Joven, como lo llaman ahora que ya ha estrenado su primera tragedia. Y entonces no me quedó más remedio que vender diez de los treinta y cinco esclavos que teníamos. Melito, mi segunda mujer, no se lo tomó nada bien, decía que eso la convertía a ella en esclava, así que al llegar aquí, cuando nos instalamos, tuve que comprar el mismo número, regateando como un maldito comerciante y aprovechando las gangas. La marca de rebelde de Vibia me había posibilitado rebajar considerablemente su precio.

–¿Te puedo pedir un favor? –dijo Parrasio–. Me gustaría pintar a Vibia.

–¿Estás seguro de que lo que quieres es pintarla? –saltó Agatón–. Ya os dije que no nos hacía falta ninguna esclava, yo mismo podía haber servido el vino. Siempre se fijan más en las que sirven el vino. Si me haces a mí un retrato, como se dice ahora, te hago yo un canto adulador de quinientos versos, querido Parrasio. ¿Quieres que nos vayamos a otra sala? Si no te da vergüenza me pintas aquí mismo.

–Tienes mucha suerte, Vibia –le dije yo–. Los retratos de Parrasio no están al alcance de cualquiera. Es el mejor pintor vivo de toda la Hélade.

Yo aún no lo pensaba, pero lo que vi después torna sinceras mis palabras. Entonces lo dije para adularlo, al fin y al cabo él había accedido a venir a Pella para pintar los paneles de mi obra, sin importarle mi pérdida de reputación.

Ahora se vuelven a excitar, las perras de Hécate. Aúllan y se revuelven sobre sus lomos corvos. Y quieren subir. Quieren trepar y devorarme. Hasta la más vieja de ellas parece henchirse de vida sólo con alcanzarme con la mirada.

Antes de que Parrasio contestara con una impertinencia elevé la voz reclamando la presencia de las músicas. Había pensado en todos los gastos al contratar los nuevos esclavos, así que pedí que las mujeres fueran capaces de amenizar un simposio. El caso es que me estaba arrepintiendo, no había probado sus habilidades, y las tracias tienen cierta fama de negadas para la música. Pero para mi sorpresa tanto la citarista como la flautista comenzaron entonadas, el corro ante Parrasio se diluyó y saltaron dos bailarinas, Vibia y una de las tracias, que comenzaron a bailar de manera bastante acorde entre sí, pese a sus diferentes estilos.

La tracia, bastante corpulenta, fue raptada de inmediato por Agatón, que se la llevó ante Pausanias, cuyos gustos femeninos conocía a la perfección, para disputarse con ella el pene de su amado en una felación conjunta. Pero para su decepción el nuevo espectáculo no le robó los espectadores a la bailarina que quedaba, que, al verse sola, con un gesto de complicidad dirigido a las músicas cambió el ritmo por otro más vivaz y exótico que envolvía una melodía de aire antiguo. Algo que, pensé, ya había oído poco antes, quizá muy recientemente, en sueños.

Lejos de la elegancia pueril de la mayoría de los detestables bailes que conozco, los movimientos de Vibia eran con-

The New York Public Library
Sedgwick Branch
17 SEP 2008 10:31am
1701 University Avenue
(718) 731-2074
www.nypl.org

Checkout

PATRON ID: 4911173

Cuentos eroticos de San Valentin /
33333194028813   Due: 08 OCT 2008 *

Return items to any NYPL branch in
the Bronx, Manhattan, or Staten Island.
Fines will be charged on overdue items.
Review and renew on-loan titles
on LEOLine at (212) 262-7444
or via the Web at
http://leopac.nypl.org

LEOLine and Internet renewal service is
not available if you have any of these:
    -- 5 or more items overdue
    -- fines of more than $15
    -- any item 30 days overdue
 -- item is on hold for someone else

vulsos, inesperados, como producidos por una agitación báquica que de repente se apoderara de su cuerpo, y la danza y la música se fueron haciendo frenéticas de una forma gradual, al punto de que, ensimismado, llegué a creer que bailaba en silencio, llegué a notar el aire que sus manos revolvían agitando apenas mi melena y mi barba blancas, y por último, perdido con ella en el recorrido laberíntico de sus pasos, llegué a sentir mis vísceras vibrando, el contorno de cada uno de los órganos internos perfectamente definido por el tacto sutil de la música.

Recobré el juicio algo después de que la danza hubiera terminado, cuando Vibia, que se había acurrucado en el suelo con los últimos acordes, se levantaba sin sonreír, haciendo caso omiso de los aplausos. Me di cuenta entonces de que me había bebido el contenido entero del enorme vaso de dos litros que había llenado para administrarlo a lo largo de toda la noche.

–Ya sé de qué la conozco –me dijo Arquelao tomando a Vibia por la cintura. La mirada de la esclava se ensombreció pasmosamente–. A esta mujer la condenamos por la desaparición de su antiguo amo, Ascondas. Era su concubina. La mujer de Ascondas la acusó de haberlo envenenado y de deshacerse del cadáver. Yo mismo intenté que se la declarara inocente, no había ninguna prueba, pero ella se negó a defenderse y aceptó que era experta en el conocimiento de todo tipo de hierbas. Por intuición aplacé su ahorcamiento hasta que un día regresó a Pella Ascondas, y se supo que la acusación era una treta de su mujer para deshacerse de la concubina y de su influencia en él.

No me agradaba demasiado tener una experta en venenos en la casa, pero por otro lado la historia de Arquelao excusaba a Vibia de la marca de hierro con que la habían señalado. Además en ese momento no podía atender muy bien a lo que me decía, el vino me estaba haciendo daño. Un ligero vahído me impulsó a sentarme. Pero antes de que consiguiera alcanzar mi lecho me detuvo Parrasio.

–Si no te importa, me llevo a Vibia a la torre. Te tomo prestadas las pinturas.

Cualquiera sabe cómo había averiguado Parrasio mi afición a la pintura y dónde tenía el material. El caso es que no me encontraba con fuerzas para resistirme a su propuesta, aunque me enfurecía que se llevara a la esclava. Accedí con un gesto de desaliento y retomé el camino de mi lecho.

Entonces fue cuando me fallaron las fuerzas, perdí la consciencia y me derrumbé. Todo en un solo instante. El mismo golpe contra el suelo de barro cocido me hizo recobrar el sentido. Oí voces nerviosas que pedían calma. Varios brazos me alzaron y me sostuvieron en pie. Intenté sonreír.

Me acompañaron al patio interior. Allí rogué que me dejaran solo un momento. Me tanteé la cabeza: no me había hecho nada con el golpe; no me dolía el cuerpo más que antes del desmayo. Caminé despacio por el patio. Notaba las piernas débiles, pero en un relativo buen estado. Las mujeres andaban recogiendo los utensilios de cocina seguidas de cerca por los perros. La hoguera agonizaba sobre sus rescoldos y el fulgor lechoso de la luna casi llena comenzaba a imponerse; pero la luz más dolorosa era la que temblaba en la ventana de la sala de la torre. Imaginé a Parrasio manoseando el cuerpo de Vibia. Pensé que sería agradable que la muerte me llegara así, inesperada, como un desmayo repentino. Instintivamente palpé el bulto de la cadera. Me había acostumbrado a su crecimiento apenas perceptible pero constante. Había alcanzado el tamaño de un puño, un puño hundido en la carne, junto al hígado, pero no dolía. Tarde o temprano tendría que visitar al médico. Imaginé la piel sajada por el filo de un cuchillo, la sangre manando despacio.

Cuando volví a entrar al andrón todo iba más o menos bien. Sobre un Arquelao ebrio y supino, cabalgaba desbocada la enorme bailarina tracia. La mayor parte de los comensales habían desfogado ya sus apetitos y se dedicaban a jugar al cótabo, aunque habían dejado atrás la fase de lanzamiento de vino al plato y habían empezado a tirarse las copas a la cabeza.

Espléndido como siempre, Agatón logró hacerse con la suficiente atención como para recitar fragmentos de mi *Cíclope,* representando los diálogos a saltos. Bramaba primero, como Cíclope: «Eh, tú, ¿qué haces? ¿Te bebes mi vino a escondidas?». Y se levantaba la túnica mostrando sus genitales (afortunadamente bastante relajados con la borrachera) como un Sileno: «No: ha sido el vino el que me ha besado porque lo miro con buenos ojos». Y otra vez el Cíclope: «Te costará lágrimas, si amas al vino y él no te ama a ti». Al final arruinó la bebida metiéndose de pie dentro de la crátera. Pero muchos no se dieron cuenta y siguieron bebiendo cuando lo sacamos. Por mi parte, conozco a Agatón y en el momento en que había empezado a recitar me había apartado detrás de mi lecho vino suficiente como para resistir cualquier imprevisto. No hay nada más útil que una prudente desconfianza.

Quizá sea él, Agatón, el único cuyas tragedias recuerden nuestros nietos, con las de Esquilo. Lo que todos consideraron una excentricidad, su extraña manía por montar obras a partir de sucesos y personajes inventados y no con sutiles variantes de los mitos, ha sido quizá la revelación más importante que he leído en un texto no homérico. Si yo no hubiera sido tan viejo cuando vi su originalísima *Flor,* habría tomado ejemplo: entonces mi cabeza sólo servía ya para contar otra vez esas viejas historias. Así me educó mi musa, y así, sin duda, voy a morir a manos de estas perras de Hécate, furiosas y reconocibles, de mirada seductora, las hermosas pupilas agrandadas por la belladona.

–Me he encontrado esta mañana a tu mujer en el mercado, Arquelao, y tengo que prevenirte: no sabe chuparla. Estaba tan ávida que ni siquiera se sacó de la boca las monedas que le habías dado para la compra. Cuando quieras, te la chupo yo, los hombres sí que somos conscientes de lo que nos traemos entre manos. Pero ellas, ¿cómo podrían? Te estás perdiendo uno de los placeres fundamentales de esta vida.

Agatón daba cabezadas al hablar, a punto de desplomarse por la borrachera, lo que no impedía que agitase sus manos al aire, como una verdulera intentando colocar la última lechuga. Indignado, Arquelao se levantó y se fue sin despedirse. El banquete había sido un fracaso completo. Pedí a las esclavas que no estaban demasiado ebrias que empezaran a recoger el andrón, y llamé a varios esclavos para que acompañaran a su casa a los comensales. Pausanias rechazó la ayuda de un tracio, se echó a los hombros a su amado Agatón y se despidió con su habitual displicencia, mientras el fardo de su amante balbuceaba versos antiguos:

Os ordeno que no me encadenéis,
yo, que estoy en mis cabales, a vosotros, locos.

A Mnesíloco lo cogieron entre dos y lo llevaron a su habitación. Para los demás fue suficiente con un esclavo por barba, y poco a poco desfilaron en parejas: la compañía de los esclavos a los comensales es mucho más necesaria aquí que en Atenas, porque en ciertas noches invernales de Pella un momento de pereza puede acabar en congelamiento. El único que se marchó a la cama por sus propios medios, sin contarme a mí, creo, fue Cefisonte. Desde que empezó a ayudarme no le he visto ni una sola vez perder la capacidad de tenerse en pie. Es una cualidad que aprecio en un borracho.

Esperé a que todos hubieran salido y me fui a mi cuarto.

Entonces me di cuenta de que Parrasio seguiría en la torre, pintando a Vibia, si es que no se había cansado de ella después de follársela.

Había luz en la estancia. Entré con sigilo. Para mi asombro, Parrasio pintaba en silencio, como ausente, ante el caballete. Había montado una pequeña escena, que de entrada me resultó patética, con Vibia y Atlas, el esclavo libio que se encargaba de las caballerizas, llamado así en honor quizás a su corpulencia. Sentada en cuclillas sobre un baúl, descalza, con la espalda apoyada en la pared, de frente a Parrasio, Vibia tenía las rodillas abiertas, el peplo remangado hasta la cintura, las manos retirando los glúteos para mostrar ampliamente el ano, la vulva abierta y parte de la vagina al pintor, y miraba al esclavo libio, que intentaba permanecer inmóvil a su lado, flexionando apenas las rodillas para acercar a la altura del sexo de Vibia el falo negro que sostenía en ristre, como si fuera a penetrarla. La artificiosa quietud de ambos los convertía en piedra, en una escultura polícroma con el movimiento a punto de estallar. Me acerqué a Parrasio. El libio registró mi llegada con un imperceptible movimiento de los ojos, el resto del rostro hierático.

–¡Quieto! –gritó enfurecido Parrasio, dirigiéndose al libio, aunque yo también me detuve.

Parrasio me sintió entonces, volvió el rostro hacia mí y me entregó una mínima sonrisa de compromiso, a regañadientes, que se le quedó helada aun antes de regresar a su concentración. Intuí su deseo contenido de echarme de allí, pero aproveché ese gesto para acercarme a él.

Mas si la escena que formaban los modelos me había perturbado, lo que vi en el cuadro me estremeció: los cuerpos, en su mayor parte, estaban abocetados apenas, pero las zonas que había pintado con más detalle emitían una naturalidad ofensiva, enmarcadas en un fondo que las volcaba sobre sí, como si las figuras apuntadas hubieran robado ya el alma de los esclavos: un hombro de Vibia, su pelo negro flotando en torno, la mano del libio posada sobre él, el brazo negro en el que se marcaban las venas... El grupo escultórico de los modelos se revelaba ahora de una inmensa falsedad frente a la pintura, que aun fragmentada, perturbadoramente inacabada, respiraba vida. Y lo peor de todo era la mirada de Vibia, la mirada de Vibia en la pintura. Aquella mirada respiraba una exasperación entregada, una fascinación temerosa que me resultaba familiar.

Las manos de Parrasio se detuvieron de pronto. La erección del libio estaba declinando. Mi llegada había afectado a su excitación.

–¡¿Qué pasa?! –bramó Parrasio–. ¿Qué eres?, ¿un hombre o una ninfa de los bosques? Si ves que te distraes, no lo dudes, métesela.

El libio se manoseó algo avergonzado y después colocó el extremo de su pene grande y flácido entre los labios vaginales de Vibia. Parrasio arrojó su pincel al suelo con furia y caminó hacia los modelos.

–Mierda, ¿qué haces? –gritaba–. Por ahí no, cretino. Por ahí ella ni siquiera siente tu estúpida polla infantil.

Lo apartó de un empujón, se levantó las faldas del quitón y penetró a Vibia por el ano, todo casi en un mismo gesto. Ella lanzó un grito que entonces me pareció de dolor o de terror pero que ahora recuerdo como un grito de placer, y después enmudeció hasta que, poco a poco, sus ojos se tornaron resignados, lacrimales, profundos, arrobados, trágicos. Con la mirada perdida, sin dirección, se miraba a sí misma, hacia dentro, como había hecho su imagen inacabada en el cuadro de Parrasio, que ahora se convertía en profético. Todo fue tan rápido que no pude reaccionar. Me quedé como un pasmarote, espiando, muy excitado a mi pesar, excitado como no lo había estado nunca, mientras Parrasio saltaba sobre Vibia, gritando e insultando al libio.

–¿Lo ves?, imbécil. Así hay que follarse a las esclavas cuando se es también esclavo. Por el culo. ¿Ves? Así recupera esta zorra la mirada de princesa humillada que tenía, la mirada de las que van a correrse o se van a morir, ¿me ves?

Y finalmente, desenvainó y eyaculó sobre la barriga desnuda de Vibia gritando de placer.

Dejé que acabaran, atónito. Había oído decir que Parrasio se complacía en comprar esclavos y torturarlos hasta la muerte mientras los pintaba. ¿Es un disparate pensar que la vejez me invadió de golpe, en ese momento? Recordé mi infancia, evoqué el dolor que me provocaba mi maestro de cítara cuando me penetraba, cómo comencé a aprender el desprecio por mi propio cuerpo, pese a que él era un hombre bondadoso y jamás habría usado el tono humillante de Parrasio.

–Ya soy un anciano, Parrasio –le dije cuando volvía impávido a donde había abandonado la pintura–, y en mi casa siempre se ha respetado a los esclavos. Haz el favor de recoger tu cuadro y marcharte. Puedes seguir pintando a Atlas y Vibia si ellos acceden, pero por mi parte los libero ahora de ese compromiso conmigo, y te ruego que de cualquier modo no lo hagas aquí.

Salí sin dar tiempo a que respondiera. Al pasar por el rellano del primer piso me tropecé con mi primera mujer, Querine. Sonreí abiertamente para ocultar mi abatimiento. Refunfuñona y concentrada en lo suyo, ella aprovechó para regañarme:

–Hoy he pedido a los esclavos que vaciaran la alacena del rincón del patio, querido. ¿Por qué te empeñas en llenarla de basura? Sacar todo de ahí les ha llevado media mañana a tres hombres. Había sapos y culebras. ¿Se puede saber para qué queremos media rueda de carro, tres alforjas rotas, una docena de sillas cojas y mil cachivaches desvencijados más? ¿No se te estará yendo la cabeza de paseo?

Así que habían tirado a la basura mis pequeños útiles, pensé de pronto. Iba a protestar a mi vez cuando entendí de verdad lo que estaba diciendo, el significado de lo que insinuaba Querine. ¿Me estaría convirtiendo en uno de esos ancianos que arrastran basura a su casa hasta que la llenan de tal modo que ni siquiera pueden entrar o hasta que el hedor provoca las denuncias de los vecinos? La angustia se apoderó de mí con tal fuerza que a Querine le cambió el rostro.

–Disculpa, cariño, ¿qué te pasa? Era una broma. Parece que hayas visto al mismísimo Hades.

–Me encuentro bastante débil, la verdad –dije–. Me voy a la cama.

Todavía estáis ahí abajo... Fuera de aquí, malditas hechiceras, perras locas. Buscad otra presa o subid a por mí de una vez. Hay cada vez más: viejas y niñas y doncellas y matronas. Todas salvajes y sanguinarias, todas con una misma obsesión. ¿A qué esperamos?

Pasé la noche en vela, luchando en vano contra mis pensamientos de viejo, contra mi mente envejecida que se obstinaba en repetir la escena: Vibia, la postura insólita, que sólo un pintor hastiado de la naturaleza puede imponer a su modelo; el grito de espanto o de lujuria, y, sobre todo, su mirada, la mirada del cuadro que intuía o anunciaba la suya, y que finalmente adoptó ella, bajo las sacudidas obscenas del cuerpo de Parrasio.

Me levanté en la última guardia, mucho antes del amanecer. Hice en el patio, junto al pozo, los ejercicios que ya apenas contienen la ruina de mi cuerpo. Los rescoldos de madera de la hoguera y los restos de comida cocinada impregnaban la noche con su pésimo olor. Se abrió la puerta del cuarto de Cefisonte: el viejo amigo salió al patio, me había oído y ya estaba en pie. Se unió a mi pequeña danza gimnástica, cuyos movimientos contagiaron el ritmo con el que nos lavamos después. Por primera vez en muchos años, me entraron ganas de llorar. No demasiadas.

En la torre, el aire había barrido por las ventanas todo rastro del penetrante olor de la cópula de Parrasio y Vibia. Mirándome de reojo, Cefisonte tomó las tablillas de cera y el punzón. Aunque desconocía la razón, sabía que yo estaba alterado.

Tardo en concebir los versos, fluyen despacio, mientras paseo a lo largo de la estancia. Así que dicto muy poco y corrijo aún menos lo que dicto. La musa me los regala ya acabados. Cefisonte puede, por lo general, escribir directamente sobre el papiro, pero no aquel día.

–¿Por dónde vamos? –pregunté. Esta vez no era una rutina, me había quedado en blanco. Por un momento no sabía ni qué estaba haciendo.

–El corifeo: «¿Pero no había sujetado tus manos con ajustadas ataduras?». Responde Dioniso –exclamó Cefisonte sin poder contener un bostezo.

Mojó pan en su cuenco de vino y lo engulló, sin darse cuenta de mi desconcierto. No recordaba esos versos. ¿Eran míos? Desde luego, debía de tratarse del encuentro de Dioniso con las mujeres del coro, cuando escapa de la cárcel de Penteo. El amanecer lento me iluminó, devolviéndome la memoria en un destello. *Bacantes* era mi obra más ambiciosa y la estaba escribiendo con especial lentitud. Dicté:

>También en esto lo he burlado, porque cuando creía
> que me ataba,
>no me rozaba y ni siquiera me atrapó, sino que se nutría
> de ilusiones.

Hasta ahí. Me detuve a repasar el ritmo, pero si no había queja de Cefisonte es que la cosa no andaba muy mal. Vibia, pensé siguiendo el argumento de los versos, no me rozaba, no me había atrapado, todo era una ilusión, un juego de poeta que extrae de algunos gestos de mujer un puñado de versos. Comencé a pasear por la estancia. Cefisonte dio una cabezada y se quedó dormido con una facilidad envidiable. Eso me separó del todo de los versos y me hundió en el recuerdo.

Al comienzo de mi vejez había encontrado el suficiente juicio y había actuado con la prudencia adecuada para solucionar satisfactoriamente mis necesidades sexuales. Hay que reconocer que el consejo de mis esposas Melito y Querine fue fundamental. Así alcanzamos, tan tarde, la intimidad que ahora nos une, casi una amistad, algo impensable en un matrimonio y menos en un matrimonio bígamo. Todo empezó con la caída de uno de los amantes de Querine desde una ventana del gineceo, en la casa de Atenas. Casi se mata, y los vecinos aprovecharon para montar un escándalo, arremetiendo, claro, contra ellas, pero sobre todo contra mí. Querine estaba destrozada, así que hablé con las dos y les propuse que reestructuráramos la casa dando al gineceo parte del piso bajo y la entrada de la puerta norte, para que sus amantes pudieran entrar y salir sin peligro. En agradecimiento, ellas me invitaron a una cena espléndida en el gineceo y me ofrecieron algunos buenos consejos que luego seguí al pie de la letra. Melito, que es más joven pero mucho más prudente que Querine, me había sorprendido poco tiempo antes, una mañana, en el andrón, en una situación humillante: lamiéndole la vulva a Jantipa, la concubina de Sócrates. Para una vez que accedo a algo tan mal visto, va y me pilla mi esposa.

–Discúlpame, querido –me dijo–, pero Querine y yo para conseguir una de ésas nos vemos obligadas a hacérnoslo entre nosotras o a pedirle prestado el esclavo a una amiga y recompensarlo con una fortuna, rogándole que la próxima vez no se niegue a volver. Así de estúpidos y orgullosos sois los hombres. Y conociendo a Jantipa, toda Atenas sabrá ya que te bajas al charco sin rechistar. Te vas a hacer famoso. Deberías dejar en paz a las concubinas de tus amigos y gastarte algo de dinero en tu tranquilidad.

–No lo entiendes, Melito –conseguí responderle pese a la vergüenza que me daba–. No me siento capaz. Sólo imaginarme dando un paseo por el camino del Cerámico me deprime enormemente, con esas pobres chicas levantándose los peplos floridos en las cunetas, despatarradas sobre las lápidas de las tumbas.

–¿Estás loco? –dijo Querine–. No se refiere a eso. Te ruego que si alguna vez te encuentras tan desesperado como para buscarte a una zorra del Cerámico, nos lo digas a Melito o a mí. Entre las dos hacemos un conjunto nada despreciable.

Melito se moría de risa.

–Ya sabes que no podría. Sois las madres de mis hijos –sonreí bastante turbado.

–¿Lo ves? En el fondo eres un moralista, como todos, con todas las virtudes que os imponéis enarboladas con complacencia hipócrita, pero olvidadas a la menor oportunidad. Por mucho que presumas con tus obras escandalosas no sabes nada de las mujeres. Entonces, ¿por qué no te gustan los niños, como a todo el mundo?

No contesté a eso. Durante algún tiempo, a los cuarenta años, reproduje la relación que había llevado con mi maestro de cítara con el único verdadero discípulo que he tenido, Agatón, pero enseguida comprendí que más que amor se trataba de una especie de venganza y abandoné. Con gran pesar para Agatón, por cierto, que descubrió conmigo su gusto por el amor de los hombres maduros y por el sufrimiento. Ahora los satisface con Pausanias y con cualquiera que se emborrache cerca de él.

—Con tu prestigio —siguió Querine—, tendrías a todos los padres del barrio intentando colocarte a su pequeño para que le enseñaras a componer versos y le hicieras cochinadas. Pero yo me refería a una hetera. Alguien con suficiente cabeza como para no contagiarte ninguna enfermedad sin solución.
   —Tampoco —dije—. No puedo soportar irme a una de esas cenas a escote a mostrar mi ingenio compitiendo con jovencitos sin cerebro o mamarrachos cargados de plata.
   —No —tomó el relevo Melito—, claro que no, no te veo... Oye, ¿conoces a Gnatenion, la hija de Gnatene? Ésa es de tu tipo.
   Enrojecí hasta las orejas, ¿cómo conocía Melito tan bien mis gustos sexuales? Gnatenion era muy famosa. Su madre, la hetera más conocida de Atenas, la había formado en las artes del placer y administraba su cuerpo con codicia. Inasequible, desde mi punto de vista.
   —Claro que la conoces —rió—. Pues bien: se le está pasando la juventud y ni los mejores trucos de su madre lo esconden ya. Ha aumentado el gasto en albayalde considerablemente, se va a destrozar la piel del rostro. Es el momento. ¿Por qué no tienes una entrevista con ella?
   Pese a la vergüenza que me producía cada detalle de la conversación, decidí seguir hasta el final.
   —¿Y qué podría decirle?
   —Está muy claro —añadió Querine—: dile la verdad. No se trata de que te andes con juegos seductores, sino de proponerle una solución a vuestros problemas. Ofrécele una buena suma diaria y comprométete un año entero. ¿No eres consciente de tu prestigio? Gnatene va a recuperar la sonrisa cuando vea a su hija colocada contigo, con el gran Eurípides.
   Mandé un esclavo a casa de Gnatene y la cita se concertó para esa misma tarde. Me recibieron madre e hija en una pequeña sala iluminada con cientos de velas. Empecé a pensar que la cosa me iba a salir mucho más cara de lo que habían calculado

mis mujeres. Mientras le estaba explicando mi situación a una sonriente Gnatene, Gnatenion se untaba las manos con la crema de un tarro. Su aplicación minuciosa a aquella labor me distrajo completamente e hizo que mis palabras resultaran más patéticas que convincentes. Al final, lancé trabucado la cifra diaria que habíamos calculado para pagar los servicios de aquella mujer.

Entonces tomó la palabra Gnatene, que comenzó con un elogio encendido de su hija, eso es todo lo que fui capaz de cazar, porque al tiempo Gnatenion me levantó las faldas del quitón, atrapó mi pene y comenzó a masturbarme. No sé qué extraño mejunje se habría echado en las manos, pero lo cierto es que aquello resultó sumamente efectivo. Toda mi preocupación era mantenerme en estricto silencio, pues me daba bastante vergüenza que la madre, que no paraba de hablar como si tal cosa, oyera mis quejidos. Muy seria, Gnatenion paró un momento para desatarse el lazo de la hombrera de su túnica y untar con la crema uno de sus senos. Casi me da un ataque de ansiedad: la crema llevaba algo, alguna especia picante cuyos efectos devastadores sólo mitigaba el frotamiento continuo. Circunspecta hasta el exceso, Gnatenion retomó su tarea, a su ritmo tan bien estudiado, en el que imprimía una ligera y constante aceleración.

–... Así que no le extrañará entonces que le pidamos que doble su oferta –cerraba su discurso la madre.

–Creo que estoy a punto de correrme –le avisé a la hija terriblemente azorado, pues me parecía que se estaba distrayendo un poco.

Pero ella sabía lo que hacía. Detuvo con cuidado el vaivén de su mano, se inclinó sobre mi regazo, besó el glande poniendo morritos con sus gruesos labios y recibió con suma delicadeza hasta la última gota. Ahí fue cuando no pude contener por más tiempo los lamentos del amor.

—De acuerdo –dije luego, a duras penas–. Doblo la oferta.

Melito acertó de lleno, y Gnatenion me cambió la vida con su exquisita y distante manera de satisfacerme. Aunque de entrada me pareció una mujer estúpida y caprichosa, pronto vi que aquello no era más que una pose, un modo de seducción bastante efectivo con otros. Cuando fue conociéndome y descubrió que para contentarme no era necesario imitar, como ante la mayoría de los hombres, los comportamientos de un niño impúber: que no tenía que simular miedos nocturnos y caprichos absurdos, guardar el silencio tímido de quien no sabe cómo comportarse en público, esconder al hablar cualquier tipo de conocimiento o agudeza, depilarse las piernas, los sobacos y el vello púbico para resultar atractiva..., entonces comenzó a comportarse de otro modo y descubrí lo que había detrás de su personaje, que no era sino pura ficción inventada para satisfacer a los hombres. Lo cierto es que su inteligencia, su memoria y su excelente juicio me deslumbraron.

Aunque la había visto a menudo presenciando jornadas enteras de teatro, yo pensaba que iba allí a lucirse en público. Para mi sorpresa se sabía obras enteras de Esquilo (comprobé que sus gustos eran bastante tradicionales; nunca le di ocasión de decírmelo, pero a mí me consideraba un poeta menor), y aunque por un prejuicio muy común no se atrevía a probar con la poesía, su prosa era espléndida, e hizo que un tratado sobre las buenas maneras en la mesa, que publicó su madre pero de cuya última redacción era ella responsable, fuera considerado la mejor obra en prosa escrita por una mujer en mucho tiempo (alguno se libró de que no se comparara con las de los hombres).

Mi vida cambió, efectivamente. Ya sin la obligación de tener que buscar improvisadas soluciones para aplacar mis deseos, pude dedicarme por completo a mi obra y a reducir a nada la vida social. Pero eso, sumado a la liberalidad que mostraba con Melito y Querine, y a la incomodidad o el escándalo continuo que provocaban los personajes femeninos de mis obras, por voluntad evidente de su autor, acabó dando al traste con mi reputación. Hubo un momento en que hasta mi propia libertad peligraba. Había que marcharse de allí.

Y, claro, Gnatenion no quiso en modo alguno abandonar Atenas para venir a Pella conmigo. Suficiente había tenido con soportar sin inmutarse mi progresiva caída en desgracia. No me pareció ninguna tragedia, la verdad. Cada vez tenía menos urgencias sexuales, así que me decidí por la abstinencia, la poesía y la gimnasia. Me despedí de ella con cariño y la recuerdo con nostalgia. Pero en mi época de abstinencia no me iba nada mal, por más que resultara triste comprobar que el cuerpo se me había enfriado, y quizá la poesía también. Hasta el otro día, hasta el momento en que vi a Parrasio y a Vibia follando en la torre y entonces me atravesaron las flechas insanas de Eros, no las que encienden el amor prudente sino las que arruinan la vida con la locura.

Imagino con cierto placer que salto. Imagino la huida, la furia, las dentelladas sagradas en la piel, rasgando la carne con su implacable delectación en la locura, y el vello se me eriza en un deseo que nace de la angustia y muere, como siempre, en el placer.

Salí de mis recuerdos con el cerebro saturado de versos. Desperté a Cefisonte. Mi pobre amigo pidió disculpas y se dispuso a apuntar:

—Olvida lo que estábamos escribiendo y vamos más adelante. A la escena de la muerte de Penteo –dije.

Cefisonte aguantó el chaparrón de versos sin preguntar, pese a que era la primera vez que me veía dar un salto así en el dictado de la obra. ¿Estaba volviendo a la caótica manera de trabajo con que había escrito mis primeras escenas?

Ha quedado esparcido su cuerpo; un trozo al pie
   de las peñas abruptas
y otro entre el follaje denso de la enramada del bosque.
Y su triste cabeza, que ha tomado su madre en las manos,
después de hincarla en la punta de un tirso
la lleva como si fuera la de un león salvaje...

Entonces concebí la idea. Iba a suicidarme. Por supuesto. La luz del amanecer ya completo se hizo en mí, dentro de mí. Tras concluir *Bacantes,* se cierra mi obra. Ya no me quedan setas embriagantes conocidas por probar; mi cuerpo no podía, pensé, ofrecerme placeres interesantes, ni siquiera placeres nuevos a estas alturas. ¿A qué esperaba?, ¿a que los miembros o la cabeza dejaran de responderme? Nadie puede llegar a ser consciente de su senilidad, cualquier anciano loco se considera en su sano juicio. Pero yo había descubierto en mí los síntomas de la decadencia: con la reputación hundida, el cuerpo ya no me respondía con suficiente entereza, la memoria fallaba, y para más congoja mi entorno empezaba a preocuparse por mis manías seniles. ¿Para qué dejarme caer lentamente en el sufrimiento? La muerte era mi opción más clara. Así, de esta forma inesperada, volvieron mis pensamientos de pronto a la figura deseada de Vibia. ¿No la habían acusado de envenenadora? Sin duda aquella mujer podía ayudarme. Sin pensarlo más, me lancé escaleras abajo en busca de la esclava. Y allí quedó el buen Cefisonte, roncando de nuevo, con el punzón caído a sus pies.

En la estancia de los esclavos sólo estaba despierta una vieja chismosa que heredé de mi padre.

–¿Vibia? La etrusca es una mujer altiva, prefiere dormir con los perros que con nosotros –confesó.

Salí al jardín que circundaba la casa. El aprisco con techo de hierba que servía de guarida a los perros estaba en silencio, a contraluz. Los animales habían pasado la noche fuera. Me olisquearon desde lejos y se lanzaron a por mí.

–Quieto, Esquilo. Atrás, Sófocles, asqueroso chucho. Fuera, Aristófanes, fuera de aquí. Dejadme, malditos.

Sólo conseguí librarme de ellos entrando en su supuesta guarida. No se atrevieron a seguirme y se quedaron fuera gimoteando: sin duda tenían razones importantes para no pasar. Entré deslumbrado, pero se notaba que Vibia estaba ahí: su olor fresco sobre el hedor de la carne seca de ave que comen los perros. Me temblaban las piernas: su belleza imponía desde algún lugar en la oscuridad. Sólo al rato se dibujó la silueta de la esclava. Le brillaban los ojos.

–Mujer –dije–, tienes que prepararme un veneno. Tú entiendes de eso, ¿verdad? Necesito un veneno poco reconocible, y no demasiado doloroso.

–Dime: ¿quieres matarte, viejo?

Aquello era mucho más de lo que estaba dispuesto a soportar.

–Escucha, esclava: tengo un nombre, me llamo Eurípides. Dirígete a mí con respeto.

–Te llamaré por tu nombre cuando utilices el mío, viejo. Yo me llamo Vibia.

No había visto nada semejante en todos los días de mi vida. Lancé una carcajada y el temblor de piernas se me calmó.

–Está bien, Vibia. Reconozco que tienes razón. Te llamaré por tu nombre.

–Dime entonces si el veneno es para ti, Eurípides.

Me estaba acostumbrando a la penumbra. Me senté a su lado. Quizá el modo más sencillo para ordenar mis pensamientos fuera hablar con ella, con una joven desconocida a mi servicio.

–Es para mí, has acertado.

Después su silencio se me hizo más incómodo que cualquier reproche, y me vi obligado a justificarme.

–«No es de buen médico –cité– entonar conjuros a una herida que reclama amputación»: eso dice el suicida Áyax en una obra, basura de Sófocles. Cada uno muere por su herida. La mía es la vejez. Estoy perdiendo poco a poco la memoria, y la memoria es fundamental para un poeta. He pensado que la obra que estoy escribiendo debe ser la última.

–Las leyes de Arquelao castigan el suicidio –dijo ella.

–Bueno, como comprenderás la pena de muerte no me preocupa. Pero estoy de acuerdo, no me gustaría que dejaran que los buitres se comieran mi cadáver. No es que vaya a necesitar demasiado el cuerpo una vez muerto, pero la verdad es que no me agradaría un espectáculo así, ni el oprobio sobre mis mujeres. Por eso no puedo envenenarme con cicuta ni con nada tan conocido aquí. Por eso he pensado en ti. Me gustaría, además, no sufrir si no es estrictamente necesario...

Le puse una mano amistosa en el hombro, pero la retiré enseguida. Su carne me abrasó. Ni siquiera me había imaginado que podía estar desnuda. Entonces ella se revolvió y coló sus manos bajo mi túnica, manoseándome los genitales. El corazón me golpeó con fuerza en el pecho. Es difícil contentar a un hombre de mi edad, pero con evidente desparpajo, ella me introdujo el dedo corazón en el hueco apretado del ano mientras acariciaba el pene con una sorprendente suavidad. Para mi asombro la sangre se volcó donde debía.

–Si puedes empalmarte –rió–, ¿para qué quieres la memoria?

No conseguí reunir fuerzas para contestar a su insolencia. La rabia me azuzaba el deseo, en vez de apagarlo.

–Te llevaré el veneno esta noche, en la segunda guardia, a tu habitación –dijo, sacando el dedo y soltando la presa al tiempo.

Me quedé sin habla, sumamente decepcionado pero incapaz de requerir la continuación de aquellos juegos. Me levanté y salí de la perrera en silencio, ofuscado por la excitación, pero con la esperanza terrible de que la noche me deparara algo más que la muerte.

Volví junto a Cefisonte, que dormitaba aún sobre su lecho. Desde ese momento y hasta la tarde estuve dictándole *Bacantes*. La obra estaba completa en mi cabeza, en bloque. Sólo tuve que asegurarme de qué versos había dictado ya, y después recitar los restantes despacio para que Cefisonte pudiera anotarlos. Enseguida cambió el punzón por el cálamo y comenzó a escribir directamente en el papiro.

La noche nos sorprendió exhaustos. Abandoné la torre sin mencionarle a Cefisonte que aquélla era la última vez que escribíamos, quizá que nos veíamos. No tuve valor para derribar la euforia que le producía la jornada más intensa y fructífera que habíamos vivido nunca en nuestros años de colaboración. Me despedí de él con un abrazo que sin duda atribuiría a la satisfacción del trabajo bien hecho.

Pedí que llevaran a mi habitación agua caliente para llenar la bañera y un alabastrón de vino puro. Estuve bebiendo con el cuerpo sumergido, recordando con nostalgia premeditada a mi madre y su placer por los baños, que me dejaba compartir con ella a menudo cuando era niño, en la enorme bañera natural de la cueva de Salamina. Desde la ventana de mi habitación la luna llena de la tercera noche de las Antesterias se posó sobre mi piel resaltando las manchas con que el tiempo la ha marcado. Un escalofrío de placer me recorrió el cuerpo. Dudé de su justificación: ¿era por las expectativas de la muerte o por las del amor? Fue suficiente, de cualquier modo, para que me decidiera a levantarme y saliera en silencio.

Ella llegó como una pesadilla, mucho después, cuando yo estaba en la cama, replegado en una pereza que creía inquebrantable. Quitó la manta que me cubría, se subió a horcajadas sobre mi cuerpo desnudo y se arrancó una nébride de bacante que llevaba. Su piel joven brilló bajo el fulgor de la luna, los ojos y el pelo en llamas. Puse mis manos ásperas sobre sus pechos pequeños y colmados, que me habían sido hurtados hasta entonces, y ellos me devolvieron la infancia. Los mordí con una avidez pueril, con una nostalgia enfermiza, mientras Vibia me asía el falo hinchado. Se hendió la vulva gritando como si se hubiera atravesado el pecho con una espada.

Asombrosamente blanca, mordiéndose los labios para contener con el dolor su placer y acompasarlo al mío, me abrazó como un cisne extendiendo sus alas sobre un viejo canoso e inútil. Entre las manos, convulsa, se me deshizo en el agua de un río sin fin, y yo todavía estoy perdiéndome dentro de ella, para siempre.

Desmontó de mi cuerpo y se sentó en el borde de la cama. De espaldas era de nuevo la pequeña Vibia, con su apariencia algo indefensa. Pero se había teñido el pelo de rojo.

–Te he traído el veneno, viejo Eurípides. Pero te he traído también mi cuerpo. Todavía le queda vida al tuyo, y le quedan placeres por descubrir. Si te matas, allá tú, eres el dueño, pero estás despreciando lo único que tienes. He visto a hombres mucho más viejos bendiciendo el sol cada día nuevo que les caía en suerte.

Me entregó un pequeño lécito. Le quité el tapón. Tenía un olor denso de mezcla, a higos y a tomillo, entre otras cosas menos reconocibles. Sus recriminaciones me habían conmovido.

–El placer que me has regalado, Vibia –le dije–, confirma mis ansias de muerte. No tengo edad para estar pendiente del deseo, y menos aún para estar pendiente de una esclava joven. No, gracias por tus consejos, pero ya está escrito mi último verso.

Iba a beberme el contenido de la vasija cuando me detuvo su mano.

–Despacio. En muy breve proporción, es una medicina que calma la ansiedad y un buen afrodisíaco. Un poco más y vuelve el cuerpo insensible y sustituye la realidad por sueños o pesadillas, dependiendo del ánimo de quien lo toma. Sólo es veneno en la justa cantidad. Ahí hay para matar a dos hombres como tú, y si lo tomas de un trago acabará pronto contigo, pero te abrasará el estómago y tendrás un tiempo de locura que a ti se te va a hacer interminable. Te aconsejo que lo tomes poco a poco, a intervalos prudentes, desde ahora hasta que se ponga la luna. No morirás hasta bien entrado el amanecer, y yo puedo enseñarte a que vivas en paz y, si quieres, con placer tu delirio.

El primer trago me supo a miel al principio, pero me dejó su rastro amargo, venenoso, en la lengua.

–Lleva cornezuelo de cebada, y lleva belladona, y más cosas –me dijo riendo–. Lo tomamos en Etruria. Las adolescentes sellan en esta época el matrimonio con Dioniso. Es una bebida prohibida a los hombres.

No soy una persona religiosa, así que me contenté con escupirme ligeramente en el pecho para apartar la mala sombra. Sentí un calor intenso en los pies, que fue extendiéndose hacia arriba por todo el cuerpo, dejándolo laxo y confortable. Todo estaba empezando.

–¿Quieres un poco? –le dije de guasa.

–Ya he tomado suficiente –contestó–. Al amanecer salgo con otras ménades, a festejar el último día de las Antesterias.

Así que la piel moteada de corzo que se había quitado no mentía, era una adoradora de Dioniso. Me habían contado que las mujeres de Macedonia, y sobre todo las muchas esclavas tracias y frigias, festejaban al modo antiguo las Antesterias, saliendo a cazar y a devorar animales por el monte. El descuartizamiento de Penteo espiando a las bacantes que yo había escrito por la mañana, lleno de los tópicos habituales, me ha-

187

bía despertado cierta curiosidad. Para darle voz a Penteo hay que ser Penteo, y para darle voz a una ménade hay que ser una ménade.

Acaricié uno de sus pequeños senos otra vez y ella lanzó un gemido y se acurrucó en mi regazo. Sin duda el brebaje funcionaba. Le di otro pequeño trago mientras su boca se afanaba sobre mi pene creciente, lamiéndolo con ansia lábil y ofreciéndome al tiempo la grupa con un vaivén de serpiente. Separé la cabeza en busca de aire y con el dedo hurgué con levedad el clítoris abultado antes de volver a hundirme para no oír sus gritos, que me llevaban por el camino del Hades. El calor sofocante del interior de su cuerpo me inundó la boca y la nariz uniéndose en cada golpe de respiración al otro calor que me devoraba desde dentro, y alzando la temperatura de mi piel y de la estancia y del mundo. Cuando me estaba corriendo por segunda vez sentí su orina hirviendo, golpeándome en el rostro.

¿Qué puede decir un viejo del placer? No sé medir una noche ni la extraña razón que me llevó a abandonar mi cuerpo para convertirme en el suyo. Puedo palpar la herida fresca en el cuello. Como una lamia me arrebató la sangre. Hubo un instante en que creí que me mataba ahí, con sus manos.

Pero el placer no es eso, no es eso, no es eso.

En algún momento perdí la cabeza y tuve que levantarme y salir al patio a vomitar. Ése fue el último sufrimiento de la noche, engañosa para los hombres y aliada de las mujeres, y su voz supo sacarme fortalecido de él.

Tengo la noche, la que sin duda es mi última noche, grabada inútilmente en la memoria. Ni el desvarío en que se me va la cabeza a cada rato, presa del cornezuelo y la belladona, quiebra el recuerdo. ¿Puedo decir que la musa me ha hecho entrega del amor, por primera vez, en pago a mis servicios, tan cerca del final?, ¿son manías de viejo?

Manías de las que me acusan ellas, las cazadoras, las perras, con sus ladridos incansables, a punto de resarcirse con mi carne de todo su odio acumulado, de todo el tiempo de espera.

Cuando he recobrado la consciencia Vibia no estaba en la cama. Amanecía. Por la ventana de mi habitación se podía ver una silueta borrosa alejándose por el camino del lavadero. Era ella, sin duda. Pero no conseguía enfocar: algo me había pasado en la vista. Imaginé, para tranquilizarme, que era sólo el efecto de la belladona dilatando las pupilas. He salido desnudo de la habitación, y casi sin darme cuenta me he plantado en el piso superior. La consciencia ha regresado en el momento en que estaba cruzando el gineceo. En el tálamo, dormían juntas Querine y Melito. Contemplando sus cuerpos abandonados con descuido, entregados al sueño, me he puesto el peplo de Querine, que me quedaba bastante corto, y he ceñido el pelo a la frente con una diadema de Melito. La despedida: un beso al aire para las dos.

Fuera de casa, he tomado el mismo camino por el que Vibia había bajado hasta llegar al cauce del Axio, portador de la felicidad. Lo he vadeado y al remontar la pendiente he visto de nuevo su silueta perdiéndose a lo lejos. No sé durante cuánto tiempo he caminado en pos de ella, lejos de la ciudad, hasta ver que alcanzaba a un grupo de mujeres reunidas en torno a una hoguera, coronadas con yedra, con el hábito de bacantes ceñido a la cintura por serpientes.

No he podido resistir la tentación de acercarme al tropel, protegido de su vista por una encina, para sentir los cantos salvajes y los bailes circulares. Hay doncellas, jóvenes, maduras, ancianas. Una de ellas, recién parida, está dando de mamar a un cervato; otra, de pronto, ha vuelto la cabeza, olfateando el aire como una perra. Y después, como si respondieran todas a un mismo grito sanguinario, el evohé, han saltado en pos de mí.

Sorprendido de encontrar fuerzas para hacerlo, me he lanzado a correr descalzo entre las peñas abruptas. Aunque ningún dolor detenía mis pies ensangrentados, ellas eran más veloces, más veloces. La copa de este abeto me libra ahora de sus garras, no por mucho tiempo. Si me dejo ir, el mundo gira en el desvarío de la droga de Vibia, pero cuando vuelvo estoy viviendo intensamente lo que con tanta precisión he escrito hace unas horas. Sé mi vida. Sé todos mis versos, los muchos inútiles y los otros, los dedicados sin saberlo a ella, desperdigados entre tantas obras sin sentido.

Y tengo también muchos de los rostros de estas bacantes grabados en el alma: el rostro amado de Vibia; el rostro de Querine y Melito, que hace un rato dormían desmadejadas; el rostro de Gnatene y de su hija Gnatenion; el rostro de mi madre, Cleito, cuyo cuerpo enterré entre llantos, tantos años atrás.

Melito ha trepado hasta el nudo en el que nace mi rama. Está sacudiéndola con una fuerza que no le pertenece. Tras el crujido de la rama quebrada, mi vuelo es un instante inmenso en el que me entrego a ellas, a sus garras que me reciben ávidas de carne. Me quito la diadema en un último gesto de cobardía, esperando que me reconozcan. Pero Vibia, los ojos en desvarío y la espuma brotando de su boca, me toma con las dos manos de un brazo e, impulsándose con el pie en mi costado, lo arranca de un tirón descomunal con un grito de satisfacción. Contemplo absorto el desgarro indoloro y sangriento del hombro, fascinado por la amputación. El vacío hace lentos mis movimientos. Mientras ella cae de espaldas con mi mano sobre su pecho, estoy mirando hacia dentro de mis entrañas, más adentro, como Vibia en la pintura de Parrasio.

Son como perras, peor que perras. Cuando están arrancándome la carne hasta que asoman desnudas las costillas, reconozco, entre la maraña de brazos, los de Querine por el brazalete cilíndrico de oro que le regalé. Sus gritos me traspasan y me guían por el camino de la emoción. Cuando se apartan triunfantes de mí, una lleva una mano, otra un pie, y todas se pasan entre sí mi carne como una pelota. Puedo imaginar a Vibia luego, entre lágrimas, ordenando inútilmente los pedazos de mi cuerpo. Entonces ella me ensarta la cabeza con un tirso y siento que me elevo de nuevo al aire de la mañana. Renovado, saturado y exhausto, enamorado, antes de que la luz se apague para siempre.

Madrid, julio de 2006

La Medalla del Amor
Carmina Amorós

Cuando participé en el diseño del programa Deep Blue, iba varias veces todos los años a Estados Unidos. Los vuelos en agosto eran los peores, aquello parecía un autocar de línea repleto de Martínez: esos tipos que se ponen un chándal para viajar, la clase de personas capaces de terminarse hasta el último ítem de la bandeja de comida y de aplaudir después del aterrizaje, y esas parejas que se regalan por San Valentín la *Medalla del Amor*, en oro de dieciocho quilates, con la inscripción: «+ que ayer – que mañana». Invasores de otro planeta, sin ninguna duda: ¡Somos los Martínez y venimos de Marte!

Entonces vivía solo y ni siquiera tenía parientes, así que mi vida cotidiana me mantenía siempre al margen de estas personas; sólo me las encontraba en aviones y otros medios de transporte. Para mí resultaban incomprensibles: era incapaz de imaginar dónde vivían, qué hacían para pasar las tardes de domingo o cómo hablaban con sus hijos, si es que los tenían y si es que ellos todavía les dirigían la palabra. Como si fueran auténticos marcianos provistos de un arma mortífera y secreta para invadir la Tierra, me daban ganas de decirles: «¡Llevadme ante vuestro jefe!».

Siempre había creído que esa multitud que iba a la Puerta del Sol para comer las uvas llegaba con ese único propósito cada Nochevieja desde el planeta Martínez en naves espaciales, porque el resto del año no había gente así en ninguna parte. Para mí no tenía otra explicación. Debían de ser también los Martínez los que formaban embotellamientos apocalípticos en cada Operación Salida, los que permanecían durante meses en lista de espera para operaciones quirúrgicas, los que celebraban con entusiasmo cualquier invento de El Corte Inglés, desde el Día de la Madre al Día de los Enamorados, y los que al final morían en todas las guerras, sin saber por qué y sin que nadie volviera nunca a acordarse de ellos.

Lo que quiero decir es que sabía en lo que me estaba metiendo: un vuelo nocturno Madrid-Nueva York el 25 de agosto; iba resignado a lo que me cayera encima.

Facturé la maleta, me tomé un Johnny Walker (etiqueta negra) en la cafetería y me dirigí a la puerta de embarque.

Entre los ruidosos Martínez reconocí de inmediato a los únicos tres habitantes de mi planeta. Dos hombres y una mujer parapetados tras material impreso que impedía el contacto con los extraterrestres. Los hombres parecían eruditos, profesores de español en remotas universidades americanas. La mujer tenía aspecto de traductora de algún organismo internacional. Eran de mi propio planeta: sólo con verlos, podía imaginar sus vidas, era capaz de atribuirles esperanzas y arrepentimientos semejantes a los míos, y su conducta no me resultaba incomprensible, y por lo general amenazadora, como la de los Martínez.

Tenía el asiento 22 A, ventanilla. Recé para que me tocara al lado la traductora de los pantalones grises, o por lo menos alguien de mi planeta, aunque tuviera que ser un filólogo.

El embarque sufrió las complicaciones anejas a la presencia mayoritaria de Martínez: equipajes de mano, ora insólitos (había hasta cajas de cartón atadas con cuerdas), ora de un tamaño descomunal; confusiones de asiento, discusiones a gritos, reconciliaciones aparatosas y manipulación inmediata y frenética de todos los mecanismos disponibles: respaldos abatibles, ventanillas, bandejas, pulsadores.

Las azafatas se comportaban como generales en una batalla perdida de antemano o capitanes de un buque que hace aguas sin remedio: intentaban mantener la dignidad y la compostura, apretaban los dientes y levantaban la barbilla; pero saltaba a la vista que aquello las sobrepasaba.

Ocupé mi plaza y cerré los ojos. Pedí el mismo deseo: que al volver a abrirlos la traductora hubiera ocupado el asiento 22 B.

Un ruido alarmante disipó toda esperanza. Algún Martínez, con ignorancia o manifiesto desprecio de las leyes físicas, intentaba encajar a porrazos un equipaje de mano de mucho mayor tamaño que la capacidad del compartimento.

Resignado, abrí los ojos. Era un ejemplar hembra de Martínez, muy joven y con un problema evidente de sobrepeso. Forcejeaba con una bolsa de palos de golf. La camiseta se le había subido hasta la parte inferior de los abultados senos y el pantalón vaquero le había dejado marcas rojizas en la cintura.

Una azafata se llevó la bolsa aquella a algún armario y volvió al lado de la chica para rogarle que se abrochara el cinturón de seguridad, que pusiera el asiento en posición vertical y que subiera la bandeja. Parecía decidida a desobedecer el mayor número de instrucciones en el mínimo tiempo posible.

Hablaba sin parar de sí misma y, como todos los alienígenas, sentía un entusiasmo desproporcionado por las cosas más banales. Iba a Estados Unidos a estudiar COU en un *college* de Michigan. Se hacía llamar Chituca, tenía tres dioptrías en cada ojo y vivía en Moratalaz.

Nunca duermo en los aviones. Tras la cena y la película (que no vi, por supuesto), me eché la manta sobre los muslos y comencé a leer *Fausto*. Lo utilizaba como blindaje: los versos del divino Goethe me protegían de los invasores Martínez.

Cuando sentí su mano que me acariciaba el muslo por debajo de la manta, me volví a mirarla, atónito. Chituca seguía dormida. No moví un músculo y me quedé mirándola. Tras los párpados, aleteaban sus pupilas, como si soñara oleajes.

Con una sola mano me abrió la bragueta. Me la sacó, haciéndome un poco de daño, porque sin querer, en contra de mi voluntad, estaba empalmado. No me atreví a apagar mi luz. Sobrevolábamos el Atlántico. Bajo la manta, la polla me latía como un corazón desbocado que ella apretaba entre los dedos. Me dolían los brazos de sujetar el libro del olímpico Goethe delante de mí, pero no me atrevía a moverme ni a cambiar de postura. Cerró el puño con fuerza y comenzó a masturbarme mientras yo la miraba dormir.

Me corrí en silencio, en la manta de Iberia, mirando sus ojos cerrados y sus labios entreabiertos. Me corrí a raudales, como si me desangrara o como si acabara de quitar el tapón de la bañera.

Cuando nos sirvieron el desayuno, volvió a ponerse las gafas. Tenía diecisiete años y las uñas mordidas. Siguió hablando de signos del zodiaco y dietas de hidratos de carbono con el mismo entusiasmo injustificado característico de los Martínez. Se pasó unos veinte minutos cepillándose el pelo y luego se fue al baño con un neceser.

La vi por última vez en el vestíbulo del Kennedy, bajo el móvil de Calder. Se alejaba con el carrito de las maletas y los palos de golf, taconeando con entusiasmo hacia un destino desconocido. Como en una película a cámara rápida, imaginé la vida que le esperaba por delante, en su planeta Martínez: el regreso a España, el matrimonio, los tres hijos, el empleo en una sucursal bancaria, las paellas de los domingos en el chalet. Vi su alegría y su dolor, vi su heroica, su inútil insurrección contra el silencio, la muerte, la nada. De pronto, asombrado, pensé que la entendía, que me importaba, que era mi semejante.

Su amor a la vida, por encima de todo y de sí mismos también, ese amor incondicional y no correspondido: ésa era el arma secreta de los Martínez.

El proyecto Deep Blue se acabó, pero yo nunca terminé *Fausto:* desde entonces me parece un soberano aburrimiento. Algo tuvo que hacerme la alienígena, porque al correrme, debí de eyacular también las ganas de seguir leyendo a Goethe y mi convicción de ser de otro planeta: como si la paja sonámbula hubiera hecho pie en mi corazón sumergido, blindado por la soledad, el silencio, el frío y los versos de mármol del genio de Weimar.

Aunque seguí viajando a Nueva York, nunca he vuelto a ver a ningún Martínez. Ni siquiera en el metro los distingo. Es muy extraño. Desde entonces, los invasores han desaparecido de nuestro planeta. La verdad, no me lo explico. Ahora la mayoría de la gente me parece como yo, como nosotros.

No he olvidado nada, todavía conservo aquella manta de Iberia, aunque desde entonces mi vida ha dado muchas vueltas: me casé con María Antonia Martínez, una compañera de colegio, y ahora vivimos en Carabanchel y tenemos tres hijos. Los domingos hacemos paella con mi cuñado, en su chalet de Jadraque, y en verano vamos a Bellreguard: valen la pena las ocho horas de atasco.

Este año, por San Valentín, le regalé por fin a María Antonia la *Medalla del Amor*, la buena, en oro blanco y brillantes. Nos emocionamos, a los dos se nos saltaron las lágrimas y nos dijimos el uno al otro: «Hoy te quiero más que ayer, pero menos que mañana».

El año que viene mandamos a la mayor a estudiar a Ohio, en un vuelo nocturno a Nueva York, a finales de agosto.

Piles, septiembre de 2006

Los autores

CARMINA AMORÓS

(Xàtiva, Valencia, 1975) Ha publicado tres libros dirigidos al público juvenil: *El mundo tal y como lo encontré* (1998), *Este amor que nos separa* (2000) y *Algunas personas mayores* (2002), así como el libro de poemas *Karaoke* (2005). Es profesora de música y trompetista en la Banda Municipal de Paterna. Sus poesías aparecen con regularidad en revistas especializadas y antologías.

ALBERT ANDREU

(Barcelona, 1974) Es licenciado en historia por la Universidad de Barcelona (UB), donde se interesó por los estudios de género y la cultura popular a través de la representación y el discurso cinematográfico. Ha colaborado en la revista *Orientaciones* y en el volumen *Calçasses, gallines i maricons: homes contra la masculinitat hegemònica* (Angle, 2003). Formó parte del grupo de estudios cinematográficos Film-Historia (UB) y trabaja desde 2000 en el mundo editorial.

JAVIER AZPEITIA

(Madrid, 1962) Editor y escritor, ha publicado cuatro novelas: *Mesalina. Domina Cutis Candidae Vt Lepra* (Exadra, 1989), *Francisco de Quevedo. Acariciad la tumba y monumento* (Exadra, 1990), *Hipnos* (Lengua de Trapo, 1996, Premio Hammett Internacional 1997) y *Ariadna en Naxos* (Seix Barral, 2002). Ha editado obras clásicas como *La vida es sueño*, de Calderón, y es autor de algunos relatos, artículos, entrevistas y reseñas aparecidos en distintas revistas y antologías, como *Páginas amarillas* (Lengua de Trapo, 1997) y *Daños colaterales* (Lengua de Trapo, 2002). En 2007 aparecerá en Tusquets Editores su quinta novela, *Nadie me mata*.

HORACIO CASTELLANOS MOYA

(Tegucigalpa, Honduras, 1957) Hijo de padre salvadoreño, a corta edad se trasladó con su familia a El Salvador. Como periodista, ha desempeñado diversos cargos en periódicos, revistas y agencias de prensa en San Salvador, en Guatemala y en la Ciudad de México. Su obra literaria incluye cinco libros de relatos, un ensayo y siete novelas, entre las que destacan *El arma en el hombre*, *Donde no estén ustedes*, *Insensatez* y, la más reciente, *Desmoronamiento*, todas ellas en Tusquets Editores.

ESTHER CROSS

(Buenos Aires, 1961) Ha publicado las novelas *Crónica de alados y aprendices* (1992), *La inundación* (1993, Premio Fortabat y Primer Premio Regional de Novela), *El banquete de la araña* (Tusquets Editores Argentina, 1999, Premio Nacional de Novela) y *Kavanagh* (Tusquets Editores Argentina, 2004), y el volumen de relatos *La divina proporción y otros cuentos* (1994). Junto a Félix Della Paolera, publicó *Bioy Casares a la hora de escribir* (Tusquets Editores, 1988), libro de entrevistas con el gran narrador argentino. En colaboración con Alicia Martínez Pardíes, escribió y dirigió el documental *Humillados y ofendidos* (2002).

CARLOS MARZAL

(Valencia, 1961) Licenciado en filología hispánica por la universidad de su ciudad natal, fue codirector de *Quites*, revista de literatura y toros, desde su fundación. Su obra poética se halla reunida en *El corazón perplejo. Poesía reunida (1987-2004)*, publicado en 2005 en Tusquets Editores, y sus poemarios han obtenido, entre otros, el Premio Nacional de la Crítica, el Premio Nacional de Poesía y el Premio Fundación Loewe. Ha traducido del catalán la obra poética de Enric Sòria *(Andén de cercanías;* Pre-Textos, 1996), Pere Rovira *(La vida en plural;* Pre-Textos, 1998) y Miquel de Palol *(Antología poética;* Visor, 2000). En 2005 publicó su primera novela, *Los reinos de la casualidad* (Tusquets Editores).

ELENA MEDEL

(Córdoba, 1985) Es autora de los libros de poemas *Mi primer bikini* (Premio Andalucía Joven 2001; DVD Ediciones, 2002), *Vacaciones* (El Gaviero, 2004) y *Tara* (DVD Ediciones, 2006). Ha sido incluida en antologías de Ignacio Elguero, Luis Antonio de Villena y Javier Lostalé, entre otros, y traducida al árabe, inglés, italiano y portugués. Colabora con artículos, reportajes y reseñas en diversas publicaciones. También ha editado y prologado el volumen *Todo un placer: antología de relatos eróticos femeninos* (Berenice, 2005). Actualmente disfruta de una beca de creación del Ayuntamiento de Madrid en la Residencia de Estudiantes.

DANIEL O'HARA

(Barcelona, 1968) Licenciado en filología catalana por la Universidad Autónoma de Barcelona, estudió interpretación en el Institut del Teatre de Barcelona. Durante diez años se dedicó al teatro y al cine, desempeñando todo tipo de funciones (como actor representó su obra *Sara D. Cabaret trágico)*. Actualmente ejerce de profesor de catalán en la enseñanza pública. Debutó en la narrativa con *El dia del client* (Empúries, 2005), finalista del XXIV Premi Just M. Casero de novela corta, que en 2007 aparecerá en su versión castellana (Egales). «Rapsodia metropolitana» es su primer cuento publicado.

RAFAEL REIG

(Cangas de Onís, Asturias, 1963) Es autor de las novelas *Esa oscura gente* (Exadra, 1990), *Autobiografía de Marilyn Monroe* (Júcar, 1992, y Lengua de Trapo, 2005), *La fórmula Omega. Una de pensar* (Lengua de Trapo, 1998), *Sangre a borbotones* (Lengua de Trapo, 2002), *Guapa de cara* (Lengua de Trapo, 2004), *Hazañas del capitán Carpeto* (Lengua de Trapo, 2005) y *Manual de literatura para caníbales* (Debate, 2006). Es profesor de literatura en la Saint-Louis University (campus de Madrid) y en Hotel Kafka, y ha editado obras de

Larra, Galdós y Clarín, entre otros. Colabora con asiduidad en la prensa.

CRISTINA RIVERA GARZA

(Matamoros, México, 1964) Doctora en historia, ha sido profesora en varias universidades estadounidenses y, desde 1997, imparte clases de historia mexicana en la Universidad de San Diego. Colabora habitualmente en prestigiosas revistas de su especialidad, como la *Hispanic American Historical Review*. Como escritora, ha cultivado el relato, la poesía y la novela. Entre sus títulos destacan *Ningún reloj cuenta esto* (Tusquets Editores México, 2002), *Nadie me verá llorar* (Tusquets Editores, Premio Nacional de Novela, Premio IMPAC-CONARTE-ITESM 2000 y Premio Sor Juana Inés de la Cruz 2001) y *La cresta de Ilión* (Tusquets Editores, 2004). En 2005 obtuvo el Anna Seghers Preise.